U0519846

故译新编

许钧　谢天振　主编

徐志摩译作选

徐志摩 译

宋炳辉 编

商务印书馆

主编的话

2019年，是五四运动一百周年。最近一段时间，我们一直在思考与翻译有关的一些问题：在五四运动前后，为什么翻译活动那么活跃？为什么那么多学者、文人重视翻译、从事翻译？为什么围绕翻译，有那么多的争论或者讨论？

五四运动涉及面广，与白话文运动、新文学运动乃至新文化运动之间有着深刻的互动性和内在一致性。考察翻译活动对于五四运动的直接与间接的影响，首先引起我们关注的，是一个"新"字。新文学运动与新文化运动自不必说，"新"是其追求与灵魂。而白话文运动，虽然没有一个明确的"新"字，但相对于文言文，白话文蕴涵的就是一种"新"的生命——语言与文字的崭新统一，为新文体、新表达、新思维的产生拓展了新的可能性。

"新"首先意味着与"旧"的决裂，在这个意义上，五四运动所孕育的启蒙与革命精神体现在语言、文学、文化等各个层面。追求新，有多重途径。推陈出新，是其一，著名的文艺复兴运动具有这样的特征，拿鲁迅的话说，"在意大利文艺复兴的意义，是把古时好的东西复活，将现存坏的东西压倒"。但是，五四运动不能走这条路，鲁迅最反对的就是把旧时代的"孔子礼教"拉出来。此路不通，便只有开辟另一条道路，那就是在与孔孟之道决裂，与旧思想、旧道德决裂的同时，向域外寻求新的东西，寻求新的思想、新的道德。这样一来，翻译便成了必经之路。

如果聚焦五四运动前后的翻译，我们可以发现以下事实：一是翻译受到了前所未有的重视；二是众多学者做起了翻译工作；三是刊物登载的很多是翻译作品；四是西方的各种重要思潮通过翻译涌入了中国。就文学而言，梁启超的"欲新一国之民，不可不先新一国之小说"之思想受到了普遍认同。而要"新"中国之小说，翻译则为先导，其影响深刻而广泛。首先，借助翻译之道，中国的文人与学者有了观念的革新；其次，在不同的文学体裁的内在结构与形式方面，翻译为投身新文学运动的作家提供了可资借鉴的新路径；最后，翻译在为新文学运动注入了具有差异性的外国文学因子的同时，也给新文学运动的积极参与者开拓了进一步认识中国文学传统、反思自身，在借鉴与批判中确立自身的可能性。

一谈到五四运动前后的翻译，我们会想到梁启超、鲁迅、陈望道，还会想到戴望舒、徐志摩、郭沫若……这一个个名字，一想到他们，我们就会感觉到中外文学与文化交流史仿佛拥有了生命，是鲜活的，是涌动的。五四运动前后的这些翻译家就像是一个个重要的精神坐标，闪烁着启蒙之光，引发我们对中华文明的发展与中华民族的伟大复兴作深层次的思考。

创立于维新变法之际的商务印书馆，素有翻译之传统，是译介域外新思潮、新观念、新思想的先行者，一直起着引领的作用。在纪念五四运动一百周年之际，商务印书馆决定有选择地推出五四运动前后翻译家独具个性的"故译"，在新的时期赋予其新的生命、新的价值，于是便有了这套"故译新编"。

"故译新编"，注重翻译的开放与创造精神，收录开风气之先、勇于创造的翻译家之作。

"故译新编"，注重翻译的个性与生命，收录对文学有着独特的理解与阐释、赋予原作以新生命的翻译家之作。

"故译新编"，注重翻译的思想性，收录"敞开自身"，开辟思想解放之路的翻译家之作。

阅读参与创造，翻译成就经典，我们热切地希望，通过读者朋友具有创造性的阅读，先辈翻译家的"故译"，能在新的时期拥有新的生命，绽放新的生命之花。

许钧　谢天振
2019 年 3 月 18 日

编辑说明

1. 本丛书所收篇目多为20世纪上半叶刊布,其语言习惯有较明显的时代印痕,且译者自有其文字风格,故不按现行用法、写法及表现手法改动原文。
2. 原书专名(人名、地名、术语等)及译名与今不统一者,亦不作改动;若同一专名在同书、同文内译法不一,则加以统一。如确系笔误、排印舛误、外文拼写错误等,则予径改。
3. 数字、标点符号的用法,在不损害原义的情况下,从现行规范校订。
4. 原书因年代久远而字迹模糊或残缺者,据所缺字数以"□"表示。
5. 编校过程中对前人整理成果多有借鉴,谨表谢意。

目录

前言 / 001

上辑 译诗选

罗米欧与朱丽叶 [英] 莎士比亚 / 012

To His Mistress [英] 维尔莫特 / 023

猛虎 [英] 布莱克 / 027

葛露水 [英] 华兹华斯 / 029

Love [英] 柯勒律治 / 034

Deep in My Soul That Tender Secret Dwells [英] 拜伦 / 041

唐璜与海 [英] 拜伦 / 043

年岁已经僵化我的柔心 [英] 拜伦 / 051

To Fanny Browne (Sonnet) [英] 济慈 / 054

小影 [英] 满垒狄斯 / 056

Inclusions [英] 白朗宁夫人 / 062

诔词 [英] 安诺得 / 064

图下的老江 [英] 但丁·盖布里尔·罗塞蒂 / 066

新婚与旧鬼 [英] 寇列士丁娜·乔治那·罗塞蒂 / 069

歌 [英] 寇列士丁娜·乔治那·罗塞蒂 / 074

Early Bathing [英] 史温朋 / 076

她的名字 [英] 哈代 / 078

窥镜 [英] 哈代 / 079

伤痕 [英] 哈代 / 081

分离 [英] 哈代 / 082

在火车中一次心软 [英] 哈代 / 084

我打死的那个人 [英] 哈代 / 085

公园里的座椅 [英] 哈代 / 087

两位太太 [英] 哈代 / 089

多么深我的苦 [英] 哈代 / 092

To Life [英] 哈代 / 093

送他的葬 [英] 哈代 / 095

在心眼里的颜面 [英] 哈代 / 096

在一家饭店里 [英] 哈代 / 098

一个厌世人的墓志铭 [英] 哈代 / 099

疲倦了的行路人 [英] 哈代 / 100

一同等着 [英] 哈代 / 102

一个星期 [英] 哈代 / 103

对月 [英] 哈代 / 105

哈代八十六岁诞日自述 [英] 哈代 / 107

文亚峡 [英] 哈代 / 109

海咏 [英] 嘉本特/ 118

性的海 [英] 嘉本特/ 123

我要你 [英] 沙孟士/ 126

诗一首 [英] 沙孟士/ 128

会面 [英] 曼殊斐儿/ 130

深渊 [英] 曼殊斐儿/ 132

在一起睡 [英] 曼殊斐儿/ 133

有那一天 [英] 詹姆斯·埃尔罗伊·弗莱克/ 135

Joseph and Mary [英] 詹姆斯·埃尔罗伊·弗莱克/ 136

四行诗 [德] 歌德/ 142

天父 [德] 福沟/ 143

涟儿歌 [德] 福沟/ 144

涡堤孩新婚歌 [德] 福沟/ 146

抒情插曲（第65首）[德] 海涅/ 148

诗一首 [德] 席勒/ 150

一个女子 [古希腊] 萨福/ 151

牧歌第二十一章 [古希腊] 梯奥克立德斯/ 152

Atalanta's Race [美] 莫里斯·汤普森/ 156

我自己的歌 [美] 惠特曼/ 158

死尸 [法] 菩特莱尔/ 160

无往不胜的爱神 [意大利] 丹农雪乌 / 166

谢恩 [印度] 泰戈尔 / 169

Gardener Poem 60 [印度] 泰戈尔 / 170

下辑 译文选

鹞鹰与芙蓉雀 [英] 赫孙 / 172

萧伯纳的格言 [英] 萧伯纳 / 178

说"是一个男子" [英] 劳伦斯 / 182

金丝雀 [英] 曼殊斐儿 / 188

超善与恶（节译） [德] 尼采 / 194

维龙哪的那个女人 [法] 法郎士 / 196

论革命 [美] 杜威 / 201

告别辞 [印度] 泰戈尔 / 209

前言

徐志摩，原名章垿，新月派代表诗人、散文家。1897年生于浙江海宁，1915年从杭州一中毕业后，先后就读于沪江大学、北洋大学和北京大学的预科。1918年自费留学，先后在美国克拉克大学历史系、哥伦比亚大学经济学系学习，获学士和硕士学位。1920年转赴英国，在剑桥大学国王学院旁听，后转入伦敦大学攻读经济学博士，不久即放弃学业，投身文学（特别是诗歌）的研习与创作。1922年秋回国后，继续从事诗文创作并先后在南北方几个大学执教，直到1931年11月19日死于意外空难，结束了他36年短暂而浪漫的一生。

在当代读者心目中，徐志摩是一位风流倜傥的浪漫诗人，特别是经黄磊、周迅、刘若英等明星在电视剧《人间四月天》（2000年）中的柔情演绎，再现了诗人与林徽因、陆小曼、张幼仪、凌叔华等才女的情感纠葛，徐志摩更成为现代人想象中的"大众情人"了。

不过，在一般读者特别是年轻读者中，知道徐志摩也曾在文学翻译上下过功夫的恐不多。这位经受五四启蒙思潮洗礼的新诗人，虽未必担当翻译大家的盛名，却在文学翻译特别是诗歌翻译上做出过许多努力，也提出过重要翻译主张，在中国现代翻译文学史上留下了深深的印迹，更有像"沙扬娜拉""翡冷翠"等带有徐志摩独特标记的译词,至今仍存留在我们的记忆里,也不经意间出现在我们的话语中。

徐志摩的文学翻译及其跨文化交往,显然与他青年时代的留学生涯分不开。特别是留英期间,他不仅阅读了大量西方文化、文学经典,尤其研习了英国浪漫派诗人的大量作品,还借助特殊机遇,与许多英国文艺界精英人士结识交往,他们包括哲学家罗素,作家哈代、萧伯纳、威尔斯、狄更斯、卡彭特(徐译嘉本特)、曼殊斐儿、福斯特,文论家瑞恰慈、奥格登、弗莱伊,以及经济学家凯恩斯、传记作家斯屈奇、汉学家魏雷和翟里斯,如果再加上他当时想见而终未得见(或后来才得以交往)的外国作家,人数则更多,也就不限于英国作家了,譬如意大利作家邓南遮(徐译丹农雪乌)、法国作家罗曼·罗兰、印度诗人泰戈尔,等等。

作为诗人,徐志摩的创作也是从模仿西方诗人,主要是英国浪漫派诗人开始的。哈代、济慈、雪莱、罗塞蒂、布莱克,还有印度诗人泰戈尔,都是他所崇拜并深受影响的诗人偶像;他还直接以那些他崇拜的外国作家或艺术家为题,写下大量具有浓厚异国情调的优美散文。当然,徐志摩还直接译介了数量不少的外国文学作品,涉及诗歌、散文、小说、戏剧等多种文体。尤以诗歌数量最多,涵盖10个国家的30

多个诗人。此外他还翻译了萧伯纳、劳伦斯、泰戈尔、尼采等人的散文。

同其他现代中国作家相比,徐志摩翻译的数量并不算多,但涉及面颇广,而且别有其味道。给人印象最深的,首先莫过于对译名的独特处理,有的几乎成为徐志摩的"注册商标"。

比如,他把伏尔泰小说"Gandide"(一译《老实人》)译作"戆第德",把英语词后缀-isms译成"唵死木死"。前者音义兼顾,颇有古风;后者更活脱脱描画出现代名教者的形象,又表达了鲜明的嘲讽批判态度,呼应了老朋友胡适之的多谈问题少谈主义的主张——志摩甚至还有一篇以《唵死木死》[1]为题的散文。

"翡冷翠"是徐记翻译的又一个"专利产品"。他将意大利名城佛罗伦萨译作"翡冷翠"(显然从意语Firenze而非英语Florence音译而来),正是以诗人的才情,巧妙融合中西文化意象,又在翡翠间加一"冷"字,既满足了声音上的对应,还可以引发诸如"蓝田日暖玉生烟"的意境联想。同时在志摩那里,"翡冷翠"一词更和那个意大利名城的阳光、流云、山林、泉水、果园和繁花等绚丽多彩的情景联系在一起。[2]

徐志摩把华兹华斯"Lucy Gray or Solitude"一诗的题目译为"葛露水"[3]，乍看似遗漏了其中关键的 Solitude（孤单、寂寞、荒凉）一词，其实通过谐音字的精心选择，已将 Solitude 之意化入主人公 Lucy Gray 的译名了。葛者，葛衣也，土布也，显示女孩露西的贫民身份；又可作葛藤解，荒藤野树，可引发孤寂、荒野的联想；而"露水"在中国传统意象中，向来意味生命的短暂无常，正好符合华兹华斯笔下女孩露西不幸夭折的命运。虽说这些汉字意象所包含的意蕴为原作所无，却又都与原诗中的人物、处境及其命运形成完美的呼应。

因此，这似乎是徐志摩特别擅长的一种才能：以音译为基本方式，精心选择富于形象感的汉语字词。这些词语的组合，初看起来有点儿怪异，但细细琢磨，不仅其"音"对应妥帖，其"形"也贴切对象的语境和意境。以此迻译外语作品中的人物、地名或核心意象，往往别出新意，惹人遐想，耐人寻味。

徐志摩还把这种翻译处理方式移用至自己的写作实践中，则更显现了翻译的创造性，以及翻译与创作的互动互惠。如把日语さようなら（再见）巧妙地音译为"沙扬娜拉"，把依依惜别的日本少女的音容神韵和与诗人间的情感流动，全部凝聚到一声"沙扬娜拉"的道别声中。这一声音意象，叠用四个平声圆韵字——既是杨柳依依的挥手作别，又仿佛在呼唤那女郎温柔的名字。由此成就一曲音调缠绵悱恻、节奏舒缓悠扬的抒情短章，亲切又动人，令人回味不尽，而画龙点睛般的"沙扬娜拉"一词，也因此至今仍在读者中广为流传，几乎成为徐志摩的标志。

作为新月派诗人，徐志摩不仅身体力行地翻译诗歌，还利用编辑文学期刊的机会，提倡翻译，并对理想的诗歌翻译提出自己的主张，认为："译诗是用另一种文字去翻已成的东西，原诗的概念、结构、修辞、音节都是现成的；就比是临字临画，蓝本是现成的放在你的当前，尚且你还觉得难。你明明懂得不尽诗里字面的意思，你也分明可以会悟到作家下笔时的心境，那字句背后的更深的意义。但单只懂，单只悟，还只给了你一个读者的资格，你还得有表现力——把你内感的情绪翻译成连贯的文字——你才有资格做译者，做作者。"[4] 而译诗歌的难点和关键，就是如何把握原作的形式和神韵，在汉语表述中寻求两者的统一。如果拘泥于形式与字数协韵，那就浅了神味；如果过于专注于神韵，结果又写成另外一首诗了。因此，"翻译难不过译诗，因为诗的难处不单是他的形式，也不单是他的神韵，你得把神韵化进形式去，像颜色化入水，又得把形式表现神韵，像玲珑的香水瓶子盛香水"[5]。

不过，凡事能意识到要害已属不易，说到又要做到就更难了。在徐志摩的学生、诗人卞之琳看来，志摩的译诗，总体上是现代诗歌翻译童年时期的产物[6]。如果这不是学生对老师的苛求，那么，徐志摩译诗的这些特点和见解，应该与他对中西诗歌音韵和体式方面的造诣有关，也与他的诗情气质和所心仪的诗风紧密相连。在短暂的文学生涯中，他的诗思诗艺，几乎没有越出过19世纪英国浪漫派雷池一步，在情调上也没有超出19世纪英美浪漫派诗歌及其20世纪余绪的范畴。我想，卞之琳的概括大致符合实际情形，而究其原因，又离不开徐志摩所处的文化环境。

徐志摩对浪漫主义的接受是显而易见的，他钟情歌德、雪莱、拜伦、济慈、勃朗宁（徐译白朗宁）夫妇，又常以雪莱和拜伦自喻，大部分诗作也摆明了对浪漫主义的倾情。从他的诗作《黄鹂》与《杜鹃》，很容易看出雪莱《致云雀》和济慈《夜莺歌》的影响；他用英国浪漫派诗人布莱克的诗题做自己诗集的名字（《猛虎集》）；他翻译的惠特曼自由体长诗《自己的歌》片段，是他译作中的上品，因为他爱用的排比、堆砌句法，正保持了原诗的气势和节奏，颇有一种本色出演的味道；在自己的诗集里兼收译诗做法，也是19世纪英国浪漫诗人的传统；而他本人的浪漫爱情故事，更为他赢得了风流诗人的雅号。

同时，徐志摩对作为欧洲浪漫主义余绪的唯美主义思潮也有很深的浸染。他翻译过罗塞蒂兄妹、史温朋、西蒙斯（徐译沙孟士）等人的诗作，而后来与闻一多一起创办《新月》杂志，从立意到版式都有英国唯美主义期刊《黄面志》（*The Yellow Book*）的影子，那些深受唯美主义影响的中国作家如郁达夫、闻一多、邵洵美等，又恰恰都是他气味相投的好友，而他的诗文所体现的艳丽风格、华美辞藻和精妙的音韵旋律，都带有唯美主义的色彩。这些似乎已经成为徐志摩诗文风格的一个公认的标识。

相应地，对当时正兴起的西方现代派先锋文学，徐志摩虽有涉猎——读过乔伊斯、普鲁斯特，又模仿T. S. 艾略特，还翻译了波特莱尔（徐译菩特莱尔）的《死尸》片段——但译出来的东西还是缺乏原诗的气质，倒是所附的说明文字颇有波氏气味，本书也将其一并编入，以供读者鉴赏分辨。不过，在其理想主义到处碰壁的最后五六年里，徐志摩较多地翻译哈代的诗作，共计20多首，是他译得最多的外国诗人。他所擅长的利落、冷峭的口语，也正好适合哈代的阴郁诗风,译诗形式上也逐渐能够自控,比较符合原诗形式。

现在来看徐志摩的翻译作品,并非如何不朽,或在理论上有特别重要的建树。但他指出了汉字"形似单音"的特点,倡导在活的白话中(而非简单地按字数)把握语言内在节奏和韵律,寻找音乐的规律性,为中国新诗翻译的音律探索提供了有益的启示。在新诗创作上,他广泛借鉴英美诗歌,不断尝试各种格律和诗体,先后试验了包括十四行、歌谣、无韵四行等体式;采用抑扬格、抑抑扬格和民歌等节奏方式;运用格式独特的纤细新颖的韵律,创立了新式对偶句;以重读单音词奏效,并引进了惹人瞩目的英国风格,同时自然地将古汉语的词汇与口语中的粗字俗语结合,极大地丰富了汉语新诗语言。所有这些翻译和创作实践,本身就是中国现代诗歌翻译史上的一道有趣的历史景观。

本书在编入至今发现并确认的徐志摩全部54首译诗外,还选取了6篇散文译作。喜欢徐志摩译作的朋友,一定也喜欢他创作的诗歌和散文。那就不妨对照着看一看,也是很有趣味的事情。

宋炳辉
2018 年 12 月

注释：

1 徐志摩：《唵死木死》，载《徐志摩文集》第4卷，香港商务印书馆，1983年，第74—81页。

2 徐志摩：《意大利天时小引》，《晨报副刊》1925年8月19日；《翡冷翠山居闲话》，载《徐志摩文集》第4卷，第126—129页。

3 见本书第29页。

4 徐志摩：《葛德的四行诗还是没有翻好》，载《徐志摩文集》第4卷，第43页。

5 徐志摩：《一个译诗问题》，载《徐志摩文集》第4卷，第37页。

6 卞之琳：《徐志摩诗重读志感》，《诗刊》1979年第9期。

上辑　译诗选

罗米欧与朱丽叶[1]

[英] 莎士比亚

……

罗 啊,轻些!什么光在那边窗前透亮?
那是东方,朱丽叶是东方的太阳。
升起来呀,美丽的太阳,快来盖倒
那有忌心的月,她因为你,她的侍女,
远比她美,已然忧愁得满面苍白:
再别做她的侍女,既然她的心眼不大;
她的处女的衣裳都是绿茵茵的病态,
除了唱丑角的再没有人穿;快脱了去。
那是我的小姐,啊,那是我的恋爱!
啊,但愿她自己承认她已是我的!
她开口了,可又没有话:那是怎么的?
她的眼在做文章;让我来答复她。
可不要太莽撞了,她不是向我说话:
全天上最明艳的一双星,为了有事
请求她的媚眼去升登她们的星座;

替代她们在太空照耀,直到她们回来。
果然她们两下里交换了地位便怎样?
那双星光就敌不住她的颊上的明霞,
如同灯光在白天里羞缩;同时她的眼
在天上就会在虚空中放出异样清光,
亮得鸟雀们开始歌唱,只当不是黑夜。
看,她怎样把她的香腮托在她的手上!
啊,我只想做她那只手上的一只手套,
那我就得满揾她的香腮!

朱 啊呀!

罗 她说话了:

啊,再说呀,光艳的安琪!因为你是灵光
一脉,正好临照在我头上,这夜望着你
正如人间的凡夫翻白着讶异的肉眼,
在惊喜中瞻仰天上翅羽生动的使者,
看他偎傍倦飞的行云,在空海里振翮。

朱 啊罗米欧,罗米欧!为什么你是罗米欧?
你怎不否认你的生父,放弃你的姓名?
再不然,你如果不愿,只要你起誓爱我,
真心的爱我,那我立时就不是高家人。

罗 我还是往下听,还是就在这时候接口?

朱 说来我的仇敌还不就只是你那门第;
你还是你自己,就说不是一个孟泰谷。
什么是孟泰谷?那既不是手,也不是脚
不是臂膀,不是脸,不是一个人身上的
任何一部分。啊,你何妨另姓了一个姓!
一个名字有什么道理?我们叫作玫瑰
那东西如果别样称呼那香还是一样;
罗米欧即使不叫罗米欧,也能一样的,
保留他那可爱的完美,那是天给他的
不是他的门第。罗米欧,不要你的姓吧,
只要你舍得放弃那满不关你事的姓,
你就有整个的我。

罗 那我准照你话办:
只要你叫我一声爱;我就再世投生;
从此起我再不是罗米欧的了。

朱 你是个什么人胆敢藏躲在黑夜里,
这样胡乱的对我说话?

罗 我有我的名姓;
但我不知道怎样来告诉你说,我是谁:

我的名姓，亲爱的天人，我自己都厌恶，
　　因为它不幸是你的仇敌；如果我已经
　　把它写了下来，我要一把扯碎那个字。
朱　我的耳朵还不曾听到那嗓子发出的
　　满一百个字，但我已能辨认那个声音：
　　你不是罗米欧，不是孟泰谷家的人吗？
罗　都不是，美丽的天人，如果你都不喜欢。
朱　你怎样到这里来的，告诉我，为什么来？
　　果园的墙围是那样高，不是容易爬过，
　　况且这地方是死，说到你是个什么人，
　　如果我的本家不论谁在这里碰见你。
罗　凭着爱的轻翅我安然飞度这些高墙；
　　因为顽石的拦阻不能限止爱的飞翔，
　　爱有胆量来尝试爱所能做到的一切；
　　说什么你的本家，他们不是我的阻碍。
朱　他们果真见到你，他们一定将你害死，
罗　啊哈！说到危险，现成在你的眼里的就
　　凶过他们的二十把刀剑：只要你对我
　　有情，他们的仇孽就害不到我的分毫。
朱　我可是再也不愿他们在这里见到你。

罗 我穿着黑夜的袍服，他们再不能见我；
况且只要你爱我，他们找到我又何妨：
我的命，有了你的爱，送给他们的仇恨
还不强如死期的延展，空想着你的爱。

朱 是谁指点了你来找到我这里的住处？

罗 爱指点我的，他打起始就鼓动我根究；
他给我高明的主意，我借给他一双眼，
我没有航海的能耐，可是如果你远得
如同那最远的海所冲洗的阔大边岸，
我为了这样的宝物也得忘命去冒险。

朱 你知道夜的幕纱是笼罩在我的脸上，
要不然，知道你听到我今夜说过的话，
一个处女的羞红，就得涂上我的脸庞。
我何尝不想顾着体面，何尝不想否认
我说过的话：但是够了够了您的恭维！
你爱不爱我？我知道你一定急口说"爱"，
我也愿意信你的话：但如果你，一起誓，
你也许结果会变心，听到情人的说谎，
他们说，觉巫大声笑。啊温柔的罗米欧，
你爱我如是真心，请你忠诚的说出口：

再说如果你想我是被征服得太轻易,
我就来皱起眉头,给你背扭,说我不干,
这样你再来求情;但除此,我再不刁难。
说实话,秀美的孟泰谷,我心头满是爱,
因此你也许以为我的举止未免轻狂:
但是信任我,先生,信任我这一份真心
正比一般装腔作样的更要来得晶莹。
论理我不该这样直白,这不是我始愿,
但我自己不曾知觉,你已然全盘听得
我的真诚的爱恋的热情:所以宽恕我,
请你不要把我这降服认作轻飘的爱,
要不是黑夜这份心事怎能轻易透漏?

罗 小姐,请借那边圣净的月色我来起誓
　　那月把纯银涂上了全园果树的顶尖——

朱 啊,不要指着月儿起誓,那不恒定的月,
　　她每晚上按着她的天轨亮她的满阙,
　　正怕你的爱到将来也是一样的易变。

罗 那叫我凭什么起誓?

朱 　　　　　　　简直的不用起誓;
　　不然,如果非得要,就凭你温雅的自身,

那是我的偶像崇拜的一尊唯一天神，
我准定相信你。

罗 　　　　　如果我的心里的爱恋——

朱 得，不要起誓了：虽则我见到你我欢喜，
今晚上我可不欢喜什么契约的缔合，
那是太鲁莽了，太不慎重了，也太快了；
太像那天边的闪电了，一掣亮就完事，
等不及你说，"天在闪电"。甜蜜的，夜安吧！
这个爱的蓓蕾，受了夏的催熟的呼吸，
许会在我们再见时开成艳异的花朵。
夜安，夜安！我祝望一般甜蜜的安息与
舒适降临到你的心胸如同我有我的！

罗 啊，难道你就这样丢下我不给我满足？

朱 那一类的满足你想在今晚上向我要？

罗 你的相爱的忠贞的誓言来交换我的。

朱 我早已给了你那时你还不曾问我要：
可是我也愿意我就重来给过一次。

罗 你要收回那先给的吗？为什么了，亲爱？

朱 无非为表示我的爽直，我再给你一次。
可是我想要的也无非是我自己有的。

我的恩情是如同大海一样无有边沿，
　　我的爱也有海样深；更多的我施给你，
　　更多的我自有，因为两样都是无限的。
　　（奶妈在幕后叫唤）
　　我听得里面有人叫我；亲爱的再会吧！
　　来了，好奶妈！甜蜜的孟泰谷，你得真心！
　　你再等我一会儿，我就回来，还有话说。

罗　啊神圣的神圣的夜！我怕，怕因为是夜，
　　这一切，这一切难说竟是一场的梦幻，
　　这是甜蜜得叫人心痒，如何能是真实？
　　（朱丽叶重上）

朱　再说三句话，亲爱的罗米欧，你非得走，
　　如果你的情爱的倾向是完全光明的，
　　如果你志愿是婚姻，你明天给我回话，
　　我会派人到你那里去，你有话交给他，
　　说清白了在那儿什么时候举行大礼，
　　我就把我一切的命运放在你的跟前，
　　从此跟从你，我的主，任凭是上天下地。

奶　（内）姑娘！

朱　我就来了，一忽儿。——但是如果你本无意，

那我求你——

奶 　　　　　　姑娘！

朱 　　　　　　　　　稍为等一等，我就来了！——
立即收起你的心肠，让我独自去悲伤：
明天我就派人。

罗 　　　　　　　让我的灵魂借此警醒。

朱 一千次的夜安！
　　　　　　　　一千次的夜不安，没了
你的光亮。爱向着爱如同学童们离别
他们的书本，但相离，便如同抱着重书
上学。

朱 　　　吁！罗米欧，吁！一个养鹰人在呼啸，
为要从天上招回这"流苏温驯"的苍鹰！
束缚的嗓子是嘶哑的，它不能说响；
否则我就会打开"爱姑"藏匿着的岩穴，
使她震动大空的妙舌也帮着我叫唤，
叫我的罗米欧，直到她的嗓子哑过我的。

罗 是我自己的灵魂在叫响着我的名字：
夜晚情侣们的喉舌够多么银样鲜甜，
错落在倾听的耳鼓上如同最柔媚的

音乐！

朱　　　　罗米欧！

罗　　　　　　　我的爱？

朱　　　　　　　　　　　明早上什么钟点
你让我派人上你那里去？

罗　　　　　　　　　　　正九点钟。

朱　我准不耽误：从现在到明早中间相差
足有二十个春秋。我忘了为什么叫你
回来。

罗　　　让我站在这里等你记起什么事。

朱　我记不起不更好，你就得站着等我想，
你知道有你在跟前我是怎样的心喜。

罗　我也甘愿这样耽下去，任凭你想不起，
忘了你别的家除了我俩共同的月夜。

朱　真的都快天亮了；我知道你早该回去：
可是我放你如同放一头供把玩的鸟；
纵容它跳，三步两步的，不离人的掌心，
正像一个可怜的囚犯带着一身镣铐，
只要轻轻的抽动一根丝你他就回来，
因为爱，所以便妒忌他的高飞的自由。

罗　我愿意我是你的鸟。

朱　　　　　　　　蜜甜的,我也愿意:
但正怕我爱过了分我可以把你爱死。
夜安,夜安!分别是这样甜蜜的忧愁,
(下)

罗　让睡眠祝福你的明眸,平安你的心地!
愿我是你的睡眠和平安,接近你的芳躯!
现在我得赶向我那鬼样神父的僧房,
去求他的帮助,告诉他这意外的佳遇。
(下)

注释:

1　节选自第二幕第二景。译于1931年秋;载1932年1月1日《新月》第4卷第1号;初收于《云游》,上海新月书店,1932年。(本书注释均为编者注)

To His Mistress[1]

————————————— [英] 维尔莫特

我爱！为什么掩盖着
　　你蛾眉蟒首？
为什么不让阳光照耀，
　　这亏蚀的手？
为什么不让你妙眼
　　闪电似流走？

若无你的光
　　我似在黑夜里张皇！
你是我生命；
　　我的途径，你是我的光明；
我生存，我行动，
　　我赖汝光以识西东。

你是我生命——
　　你一转身我就心死目瞑。

你是我途径——
　　没有爱情你我就迷不能行。

你是我光明——
　　我失了你奈何这长夜冥冥。
我的爱情，
　　你是我途径，我生命，我光明。

你是我正路；
　　休让我失向迷途。
你是我光亮；
　　休让我目盲心障。
你是我生机；
　　休让我精衰力替。

我的眼盲翳，我视不能怡：
　　这黑暗的翅膀
不向光明却向谁飞？
　　谁是我光明
除了爱情你？

我若迷了途，我的情娘，
　　应否在荒野彷徨？
情娘，伊思恋尔[2]的圣羊
　　应否彷徨？

我的径失了，我的进程迷了，
　　既不能退，又不能前，
　　又不能中道迁延；
我不求你却求谁，
　　我的方向，我的通途？

但是你依旧转身捐弃我！
　　我求我诉，你依旧不睬我！
说哟！你是否认真发怒，
　　我的恋爱，还是故意试我？

你是进香人的路径，
　　盲人的眼，肉体的魂灵。
我的希望尽在你身：
　　若然失望我就断绝生存。

展露你的光明罢,
　　敛住你翼停下来罢,
看哟!看我盲目,死亡,彷徨!
　　——须知道你是我光明
　　　　我生命我途径哟!

一切听凭你慈悲!
如其热情吩咐我飞,
　　我的理性就依
我展开我翅膀
　　总在你左右不即不离。

注释:
1　题意为"致他的情人",翻译时间不详,初收于《徐志摩全集》第1辑,台湾传记文学出版社,1969年。维尔莫特（John Wilmot,1647—1680）,英国抒情、讽刺诗人,英王查尔斯二世时期的宫廷才子。
2　英文 Israel,即以色列。

猛虎[1]

[英] 布莱克

猛虎，猛虎，火焰似的烧红
在深夜的莽丛，
何等神明的巨眼或是手
能擘画你的骇人的雄厚？

在何等遥远的海底还是天顶
烧着你眼火的纯晶？
跨什么翅膀他胆敢飞腾？
凭什么手敢擒住那威棱？

是何等肩腕，是何等神通，
能雕镂你的脏腑的系统？
等到你的心开始了活跳，
何等震惊的手，何等震惊的脚？

椎的是什么锤，使的什么练？

什么洪炉里熬炼你的脑液?
什么砧座? 什么骇异的拿把
胆敢它的凶恶的惊怕擒抓?

当群星放射它们的金芒,
满天上泛滥着它们的泪光,
见到他的工程, 他露不露笑容?
造你的不就是那造小羊的神工?

猛虎, 猛虎, 火焰似的烧红
在深夜的莽丛,
何等神明的巨眼或是手
胆敢擘画你的惊人的雄厚?

五月一日

注释:

1　载 1931 年 4 月 20 日《诗刊》第 2 期, 题名下有注: The Tiger William Blake。初收于《猛虎集》, 上海新月书店, 1931 年。布莱克 (William Blake, 1757—1827), 英国浪漫主义诗人, 作品有诗集《天真之歌》和《经验之歌》等。

葛露水[1]

————————————————————［英］华兹华斯

我常闻名葛露水：
我尝路经旷野
天明时偶然遇见
这孤独的小孩。

无伴，露水绝无相识，
她家在一荒凉的沼泽
—— 一颗最稀有的珍珠
偶尔掉落人间呵！

精灵的雏麂嬉嬉茸茸，
玲珑的野兔逐逐獒獒，
可怜露水儿的香踪
已经断绝了尘缘。

"今晚看来要起风涛，

你须镇上去走一遭,
携一个灯,儿呀!去照
你娘雪地里回家才好。"

"爹呀!儿愿意极了,
此刻时光还早——
那教堂钟才打两下,
那边月儿倒起来了!"

露水喜孜孜出门上道,
好比个小鹿儿寻流逐草;
那小足在雪地里乱踹,
溅起一路的白玉烟梨花脑。

那无情的风涛偏早到,
可怜她如何奋斗得了;
她爬过了田低和山高,
但她目的地总到不了。

那可怜的父母终夜

四处里号呼寻找；
凶惨的黑夜无听无见，
失望的双亲泪竭声槁。

天明了！老夫妇爬上山额，
望见了他们的沼泽，
又望见那座木桥
离家约半里之遥。

他们一头哭一头走，哭道，
"我们除非在天上相会了"；
——娘在雪里忽然发现
小小的足印，可不是露水的吗？

于是从山坡直下去，
他们踪迹那小鞋芒；
穿过一架破碎的荆篱，
缘着直长的石墙；

他们过了一座田，

那足痕依旧分明；
他们又向前，足迹依然，
最后走到了桥边。

河滩雪里点点足印，
不幸的父母好不伤心；
足印点点又往前引，
引到了——断踪绝影。

——但是至今还有人说，
那孩子依旧生存；
说在寂寞的荒野
有时见露水照样孤行。

她跋涉苦辛，前进前进，
不论甘苦，总不回顾，
她唱一支孤独的歌，
在荒野听如风筝。

一九二二年一月三十一日

注释：

1　译于1922年1月31日，题名下有英文名"Lucy Gray or Solitude"。初收于《徐志摩全集》第1辑。华兹华斯（Wordsworth，1770—1850），英国浪漫派诗人，与柯勒律治合著《抒情歌谣集》，另有长诗《序曲》和组诗《露西》等，1843年被封为英国桂冠诗人。

Love[1]

[英] 柯勒律治

思想,热情,快乐,
　凡能激动这形骸,
都(无非)是恋爱的臣属,
　增(助长)她神圣的火焰。

我往往于神魂惝恍
　重新经过那甜美的时间,
其时我偃卧在半山
　一座败塔之边。

月光悄悄地照临,
　已与黄昏的微芒相和,
她是在那边,我的希望,我的欢欣,
　我最挚爱的琴妮薇嫣妩!

她倚住那戎装的人,

那戎装骑士的石型，
四围是暮霭沉沉，
　　她站着听我的吟。

她原来是无愁与怆，
　　我的希望，我的欢欣，我的琴妮薇嫣妩！
她最爱我当我唱
　　磨折她芳心的歌。

我现出幽柔的神情，
　　唱一支宛转动人的古曲，
那支曲虽然粗伧，
　　却适合那环境，荒凉而残缺。

她含羞地静听，
　　她眼儿低飏，她态儿娇柔，
因为她明知我的双睛
　　总是向她的粉脸庞儿瞧。

我弹唱那骑士的故事，

他盾上有火焰的印章,
他整费十年的情思
　　求爱于一绝世的女郎。

我唱他怎样的忧伤,呀!
　　这深沉,这幽咽,这声诉的音韵!
我虽是唱他人的情史,
　　恰说明了我自己的心。

她含羞地静听,
　　她眼儿低飏,她态儿娇柔;
她不嗔而且心许我
　　痴痴地向她的庞儿瞧。

我讲那女郎的骄矜
　　疯魔了那勇敢的骑士,
他冒险去冲森林,
　　日不休而夜不止;

有时从野人的巢窟,

有时从幽暗的树荫，
有时突然崛起
　于阳光照临的绿荫。

一个美而且都的天神，
　出现于骑士之前；
但他知道是魔灵，
　这骑士可怜！

他奋不顾身
　跳进一杀人的魔群，
救出了那绝色的女郎
　免受奇辱的暴行。

她于是泣，她于是抱住他的膝，
　她悉心调护无效果；
她自此感恩竭力
　想从前激疯他的蔑视偿补；

她侍他病于一山洞，

他横卧在焦黄的叶中,
他的疯魔消失,
 他的生命垂绝。

——他临终的话——但是我正唱及
 全曲最动情那一部,
我踟蹰的歌声,和琴弦的幽咽
 感动了她慈悲的灵府。

所有灵魂和知觉的冲动
 已经贯彻我那纯洁的琴妮薇嫣妩;
这弦声和伤心的歌咏,
 这黄昏馥郁而丰富;

希望,和培生希望的张皇,
 一群希望和张皇,
温柔的愿望久而未偿,
 久矣未偿,久矣酝酿!

她因慈悲而泣,她因欣喜而泣,

她因恋爱而红晕,她处女羞而红晕,
然后,犹之梦里呢喃,
　我听得她低呼我的名。

她的酥胸跳动——她闪过一边,
　她闪过一边,似乎知道我的睃睒——
然后溜着她娇羞的妙眼,
　突入我怀而放悲。

她的手款款搂住我,
　她轻轻地贴着我,
她仰后她的头
　痴痴地望着我。

几分是恋,几分是怯,
　几分是娇羞的美术,
我于其看,毋宁熨帖
　她心窝儿的涨歇;

她经我慰藉而平静,

我又与她讲纯洁的爱情,

　　我得胜了我的琴妮薇嫣妩,

　　我聪明美丽的新人。

注释:

1　译于1922年8月前,初收于《徐志摩全集》第1辑。柯勒律治(S. T. Coleridge,1772—1834),英国浪漫派诗人、评论家,与华兹华斯合著《抒情歌谣集》,其他著名作品有诗歌《忽必烈汗》《古舟子咏》和评论著作《文学传记》。

Deep in My Soul That Tender Secret Dwells[1]

[英] 拜伦

剑三（王统照）按语

以下这四节诗是从拜伦所作的 The Corsair 中译出的。志摩曾同我详细推敲一过，我说对照原文看实在是能宛委达其神意，而且韵节也照原脚译出，这是近来译诗者难能的。所以我将原文列下，请研究译诗的人对比看去，或者不无小补。

剑三记

我灵魂的深处埋着一个秘密，
　　寂寞的，冷落的，更不露痕迹，
只有时我的心又无端抨击，
　　回忆着旧情，在惆怅中涕泣。

在那个墓宫的中心，有一盏油灯，
　　点着缓火一星——不灭的情焰；
任凭绝望的惨酷，也不能填堙，
　　这孱弱的光棱，无尽的绵延。

记着我——啊，不要走过我的坟墓，

　　忘却了这抔土中埋着的残骨；

我不怕——因为遍尝了——人生的痛苦，

　　但是更受住你冷漠的箭镞。

请听着我最后的凄楚的声诉——

　　为墓中人悱恻，是慈悲不是羞，

我惴惴的祈求——只是眼泪一颗，

　　算是我恋爱最初，最后的报酬！

注释：

1　题意为"我灵魂的深处埋着一个秘密"，于1924年3月译自拜伦故事诗《海盗》(The Corsair)；先以"Song from Corsair"为题，载1924年4月10日《小说月报》第15卷第4号；后以"Deep in My Soul That Tendes Secret Dwells"为题，载同年4月21日《晨报副刊·文学旬刊》。拜伦（G. G. Byron, 1788—1824），英国浪漫主义诗人，代表作有《恰尔德·哈罗尔德游记》《唐璜》等。

唐琼与海[1]

[英] 拜伦

唐琼湿淋淋的昏晕在海边,
神魂飘渺的忘却了人间,
他的凝滞的血液与游丝似的
呼吸,更不辨时间的昼与夜;
恍惚的他又回复了感觉,
剧痛的脉搏与血运肢体,
像是在生死的关头奋斗,
死的黑影像是还在他的身畔停逗。

他张开了他的眼,阖上,又睁着,
他满心只是迷惑与昏沉;他以为
他还是在船上,只是倦眠着,
他又记起了破船时的凄惨,
盼望他已经永远脱离了生世;
但他渐渐的明白了他还是活着,
此时在他的倦绝的昏花的眼帘前,

呈露着一个少女美妙的倩影。
少女的颜面熨帖着他的脸，
她的小口像是喂哺着他的呼吸；
她的温存的手抚摩着他的冷体，
顷刻间唤回了他的精神与生气；
她又摩挲着他的前额，他的颞颥，
调匀他的血运，舒畅他的脉理，
她的温柔的调理是回生的妙剂，
一声的轻喟，仿佛是感谢她的恩谊。

然后她喂了他几口提神的甜酒，
长袍盖暖他的冷僵的肢体，
伸玉臂枕他的头，她的香腮，
透明的，鲜艳的，温润的酥肌，
承着他的死一般的前额；轻展
一双小手沥干他的溃透的发髻；
她焦心的看护着他的呼吸
也断续的和着他的喟息。

她们小心的把他移进了洞里，

她与她的侍女——也是一个少女，
年岁是她的姊，眉目不如她的端丽，
但有更硕健的躯体，——她们点旺了火
熊熊的新焰照出洞顶的石岩，
阳光不到的岩石，也照出她的容颜，
木柴的光焰投射出少女的姿态，
她的美丽的颜色与苗条的身材。

她齐眉勒着一颗颗的黄金坠，
衬出她的可爱的亚麻色的鬈发——
她的藤卷似的发，编缀成辫结几股，
披盖着肩背：虽则她的莲馨花似的
身影，挺秀，高颀，罕有的娉婷，
她的发还是一般的垂及她的踵跟；
她自然的有一种驾驭的庄严，
仿佛是一方的公主，艳丽中见威权。

她的发，我说，是褐色的细麻；
但她的眼，她的睫，是死一般的沉黑，
斜长的帘睫掩映着丝光的

青荷,此中有难言的妩媚;她的
妙瞬的光棱贯穿鸦绒的翳荫,
比疾矢的飞射,更神速与劲奋;
像一个蜷紧的蛇身猛然的兴奋,
集中他的涎毒与体力袭击他的牺牲。

她的眉宇是清秀,光明,她的颊上
沾染着黄昏的彩笔,落日的余痕;
纤小的上唇——蜜甜的口唇,使我们
一见销魂,增艳我们的梦境;
她是造像师理想的模型,
(什么是造像只是作伪无耻,
我见过更美的妇人,真纯的肉身,
强如他们的理想在顽石无灵)。

他们,唐璜与海弟与侍女,
自在的游行,因为她的父亲
在外国经营,她没有母与弟,
只有随身的瑳儿,她虽则殷勤,
伺候她的主人,一息不离,

但她只知道她的服役,每晨,
端整热水,绞绕她的曼长的美发,
有时问主人要一些穿剩的衣着。

正当晚凉时候,那圆圆的
一轮红日坠落在青山的后背,
那青山看似整个的大地的屏围,
怀抱着自然,静定,缄默,昏暗,
一边半掩着远处新月形的峰巅,
一边是寂静的寒飕飕的大海,
天空透泛着浅绛的雾霭与彩晕,
有一颗只眼似的星,闪耀着光明。

手挽着手,唐琼与海弟在滩边,
闲游,轻踹着光滑的凝结的
满铺着贝壳与石英,这海边
只是波涛冲洗的痕迹,分明的
有顶盖,有房屋,有空洞的厅堂,
像是建筑的工程,他们在此
停步歇着,相互的围绕着臂腰,

在紫色的黄昏里默默的魂销。

他们仰望着天，天上流动的红光，
海波似的平展着，辽阔的，鲜艳的，
他们俯看着海，海里滟滟的波光
荡起了明月，一轮腴腴的，骄矜的；
他们听海澜飞溅，听呜咽的风响，
他们互看着，眼内的星芒相互的
投射——渐渐的，一双热恋的恋唇
渐渐的接近，合成一个亲吻。

一次长的，畅的亲吻，美与青年
与恋爱的亲吻，像是下射的光线，
集中在一个焦点，激成猛烈的火焰；
这是人生少年期的亲吻，更不分
心与肉与灵魂，一致的热烈，
血液是火山的溶液，脉搏是奔腾，
一吻是一度的心震——因为吻的强度
我想，即在那胶黏着的时间计数。

是呀，就在绵延的久长；他们的
上帝知道绵延了多久——他们
也不曾计数；他们也决不能凭
针秒的短长计算神魂的迷沦；
他们只是默默的；领略诱惑的况味，
彼此的肉与灵仿佛有魔术的逗引，
一度融合了，他们花蜂似的胶附着——
他们的心房是花，此中满溢着蜜酪。

他们静静的站在寥廓的海边，
寥廓的海与天，周遭更无人迹；
宁静的波澜，星光照着的海湾，
黄昏的余晖，一丝丝的淡灭，
无声的海砂与滴水的石岩，
这情景只唤醒他们相互的密切，
在海天间仿佛是更没有生命，
除了他们的，——他们的永没有死境。

这寂寞的海边只是自由与自在，
他们不怕人，不怕天，也不畏黑夜；

彼此已是宇宙完整；在断片的
嗫嚅里他们发明了恋爱的语言；
猖獗的情热不需繁复的词令，
只轻轻的一声呻吟，已足解释
无限的情趣，在这初度的恋情——
这是一个秘密，夏娃遗传给她的女孙。

注释：
1 唐琼（Don Juan），即唐璜。此系拜伦长诗《唐璜》第二章中的一段；译于1924年4月15日，载1925年4月15日《晨报副刊·文学旬刊》；初收于《徐志摩诗集》，浙江文艺出版社，1983年。

年岁已经僵化我的柔心[1]

————————————————————[英] 拜伦

年岁已经僵化我的柔心,
  我再不能感召他人的同情;
但我虽不敢想望恋与怜,
  我不愿无情!

往日已随黄叶枯萎,飘零;
  恋情的花与果更不留踪影,
只剩有腐土与虫与怆心,
  长伴前途的光阴!

烧不尽的烈焰在我的胸前,
  孤独的,像一个喷火的荒岛;
更有谁凭吊,更有谁怜——
  一堆残骸的焚烧!

希冀,恐惧,灵魂的忧焦,

恋爱的灵感与苦痛与蜜甜,
我再不能尝味,再不能自傲——
　　我投入了牢监!

但此地是古英雄的乡国,
　　白云中有不朽的灵光,
我不当怨艾,惆怅,为什么
　　这无端的凄惶?

希腊与荣光,军旗与剑器,
　　古战场的尘埃,在我的周遭,
古勇士也应慕羡我的际遇,
　　此地,今朝!

苏醒!(不是希腊——她早已惊起!)
　　苏醒,我的灵魂!问谁是你的
血液的泉源,休辜负这时机,
　　鼓舞你的勇气!

丈夫!休教已往的沾恋

梦魇似的压迫你的心胸,
美妇人的笑与颦的婉恋,
　　更不当容宠!

再休眷念你消失的青年,
　　此地是健儿殉身的乡土,
听否战场的军鼓,向前,
　　毁灭你的体肤!

只求一个战士的墓窟,
　　收束你的生命,你的光阴;
去选择你的归宿的地域,
　　自此安宁。

注释:
1 原诗无题,节选自徐志摩《拜伦》,此文原载 1924 年《小说月报》。

To Fanny Browne (Sonnet)[1]

[英] 济慈

匀卿慈悲与怜悯！
匀卿怜悯与爱情！
爱情神圣复慈悲，
慈悲如何我心摧。

维精维一不彷徨，
爱情无伪亦无藏，
湛湛晶莹涵涵光，
点瑕不染凤龙章。

予我全体浑无缺，
点点滴滴尽我酌，
体态丰神德与质，
绛唇赐吻甘于蜜，
素手妙眼花想容，
况复凝凝濯濯款款融融甜美无尽之酥胸！

爱卿灵魂尽慈悲，

爱卿慈悲亦灵魂，

若教丝毫不我与，

毋宁死休永含冤。

命即不殊为卿奴，

愁若迷雾塞前涂，

人生义趣复安在，

魂灵意志尽归无。

注释：

1 题意为"致范妮·布朗（十四行诗）"。范妮·布朗，济慈的恋人。译于 1922 年 8 月前；初收于《徐志摩全集》第 1 辑。

小影[1]

———————————————————— [英] 满垒狄斯

O. Meredith 是英国维多利亚时代的一位诗人,他的位置在文学史里并不重要,但他有几首诗却有特别的姿趣。我下面翻的一首 The Portrait 是在英国诗里最表现巴黎堕落色彩——"Blase"的作品。不仅是悲观,简直是极不堪的厌世声,是近代放纵的人道——巴黎社会当然是代表——一幅最恶毒的写照。满垒狄斯的真名是 Bulwer-Lytton,他是大小说家 Lord Lytton 的儿子。

半夜过了!凄清的屋内
无有声息,只有他祈祷的音节;
我独坐在衰熄的炉火之边,
冥念楼上我爱的妇人已死。

整夜的哭泣!暴雨虽已敛息,
檐前却还不住的在沥淅;
月在云间窥伺,仿佛也悲切,

满面苍白的神情,泪痕历历。

更无人相伴,解我岑寂,
只有男子一人,我好友之一,
他亦因伤感而倦极,
已上楼去眠无音息。

悄悄的村前,悄悄的村后,
更有谁同情今夜的惨剧,
只有那貌似拉飞尔的少年牧师
她去世时相伴同在一室。

那年轻的牧师,秉心慈和,
他见我悲愁,他也伤苦,
我见他在她临死的祈祷,
他亦阵阵变色,唇颤无度。

我独坐在凄寞的壁炉之前,
缅想以往的欢乐,已往的时日,
我说"我心爱的人已经长眠,

我的生活自此惨无颜色"。

她胸前有一盛我肖像的牙盒，
她生时常挂在芳心之前——
她媚眼不厌千万遍的瞻恋，
此中涵有无限的温情绻缱。

这是我宝物的宝物，我说，
她不久即长埋在墓庭之侧；
若不及早去把那小盒取出，
岂非留在她胸前，永远埋没。

我从死焰里点起一盏油灯，
爬上楼梯，级级在怖惧颤震，
我悄步地掩入了死者之房，
我爱人遍体白衣，僵卧在床。

月光临照在她衣衾之上，
惨白的尸身，无声静偃，
她足旁燃有小白烛七枚，

她头边也有七烛燃点。

我展臂向前,深深的呼吸,
转身将床前的帐幔揭开;
我不敢直视死者之面,
我探手摸索她心窝所在。

我手下落在她胸前,啊!
莫非她芳魂的生命,一展回还,
我敢誓言,我手觉着温暖,
而且悚悚的在动弹。

那是只男子的手,从床的那边,
缓缓的也在死者胸前移转;
吓得我冷汗在眉额间直沉,
我嚷一声"谁在行窃尸身"?

面对我,烛光分明的照出,
我的好友,伴我度夜的好友,
站立在尸身之畔,形容惨变;——

彼此不期的互视，相与惊骇。

"你干什么来，我的朋友？"
他先望望我，再望望尸身。
他说"这里有一个肖像。"
"不错有的，"我说，"那是我的。"

"不错你的，"我的好友说，
"那肖像原是你的，一月以前，
但已仙去的安琪儿，早已取出，
我知道她把我的小影放入。"

"这妇人爱我是真的。"我说，
"爱你，"他说，"一月以前，也许。"
"那有的事，"我说，"你分明谎说。"
他答，"好，我们来看个明白"。

得了！我说，让死的来判决，
这照相是谁的就是谁的，
如其恋爱的心意改变，

你我谁也不能怨谁。

那相盒果然还在死者的胸前,
我们在烛光下把盒子打开,
盒内宝石的镶嵌,依然无改,
但只肖像却变成非我非他的谁。

"这钉赶出那钉,真是的!
这不是你也不是我,"我嚷道——
"却是那貌似拉飞尔的少年牧师,
他独自伴着她离生入死。"

六月十日

注释:

1 译于 1923 年 6 月 10 日,载 1923 年 7 月 10 日《小说月报》第 14 卷第 7 号,原题《奥文满垒狄斯的诗》,诗前另有《小影》(The Portrait)题;初收于《云游》。O. Meredith:今译梅瑞狄斯,即布尔沃-利顿(Edward Robert Bulwer-Lytton, 1803—1873)的笔名,英国外交家与诗人,著有《预言歌集》。

Inclusions[1]

——［英］白朗宁夫人

吁嗟我爱！盍握予手？
譬石在涧，静偃且朽；
吁嗟我爱！其舍是手，
念此憔悴，与子焉耦。

吁嗟我爱！盍揾予腮？
是苍且衰，涕泗实摧；
吁嗟我爱！其稍离开，
宁予之泪，湿子之腮。

吁嗟我爱！盍载予魂？
向彼憔悴，习焉生温，
向彼苍衰，焕然始暾：
嗟是肢体，无本何存，
魂之一兮，腮手宁分？

注释：

1　题意为"内蕴"；译于1922年8月前，未发表，初收于《徐志摩全集》第1辑。白朗宁夫人（E. B. Browning，1806—1861），即勃朗宁夫人，英国女诗人，罗伯特·勃朗宁之妻。著名作品有爱情诗《葡萄牙十四行诗》等。

诔词[1]

———————————————————— [英] 安诺得

散上玫瑰花,散上玫瑰花,
　　休掺杂一小枝的水松!
在寂静中她寂静的解化;
　　啊!但愿我亦永终。

她是个稀有的欢欣,人间
　　曾经她喜笑的洗净,
但倦了是她的心,倦了,可怜,
　　这回她安眠了,不再苏醒。

在火热与扰攘的迷阵中
　　旋转,旋转着她的一生;
但和平是她灵魂的想望,——
　　和平是她的了,如今。

局促在人间,她博大的神魂,

何曾享受呼吸的自由；
　今夜，在这静夜，她独自的攀登
　　那死的插天的高楼。

注释：

1　载 1925 年 3 月 22 日《晨报副刊》；初收于《猛虎集》。安诺得 (Matthew Arnold，1822—1888)，英国维多利亚时代的诗人和评论家，主要著作有抒情诗集《多佛海滩》、叙事诗《邵莱布和罗斯托》及论著《文化与无政府状态》等。

图下的老江[1]

——[英] 但丁·盖布里尔·罗塞蒂

到了家了,图下的老江,
他身体可老大的不爽。
"您好,我的妈,您好,我的儿;
媳妇给你生了个小孩儿。"
"妈,那你先去,到地板上
替我去铺上一张床;
轻轻儿的妈,您小心走道,
别让我的媳妇听到。"
那晚到半夜的光景,
老江睡着了,从此不醒。
"啊我的好妈,您告我
下面有人哭为甚么?"
"媳妇,那是小孩儿们
为牙疼哭得你烦心。"
"可是您得告我,我的妈,
谁在那儿钉板似的打?"

"媳妇，那是叫来的木工，
收拾那楼梯上的破缝。"
"那又是什么，我的亲娘，
是谁吹得那样的凄凉？"
"儿呀，那是游街的教士，
在我们门前，唱赞美诗。"
"那么你说，我的婆婆，
我今天衣服该穿什么？"
"蓝的也好，儿呀，红的也成，
可是我说穿黑，倒顶时新。"
"可是我妈，您得明白说，
为什么您掉眼泪，直哭？"
"喔！事情要亮总得亮，
他死了，你知道——老江。"
"娘，那你关照做坟的，
做大些，放两个人的；
咳，还得放大点儿尺寸，
反正这小孩儿也活不成。"

注释：

1 译于 1925 年冬，载 1926 年 1 月 1 日《现代评论》第一周年纪念增刊，题下有注：John of Tours (Old French)；初收于《翡冷翠的一夜》，上海新月书店，1927 年。但丁·盖布里尔·罗塞蒂（Dante Gabriel Rossetti，1828—1882），英国意大利裔画家、诗人，"先拉斐尔兄弟会"创建者之一，1850 年创办先拉斐尔派杂志《萌芽》。

新婚与旧鬼[1]

[英]寇列士丁娜·乔治那·罗塞蒂

新娘 郎呀,郎,抱着我,
他要把我们拆散;
我怕这风狂如虎,
与这冷酷的暴烈的海:
看呀,那远远的山边,
松林里有火光炎炎;
那是为我点着的灯台。

新郎 你在我的怀里,我爱,
谁敢来将你侵犯;
那是北极的星芒灿烂。

鬼 跟我来,负心的女,
回我们家去,回家去。
这是我的话,我的声:
我曾经求你的爱,

　　　　你也曾答我的情,
　　　　来,我们的安乐窝已经落成——
　　　　快来同登大海的彼岸。

新娘　紧紧的搂住我,我的爱,
　　　　他责问我已往的盟约,
　　　　他抓我的手,扼我的腕,
　　　　郎呀,休让他将我剽掠。
　　　　他要剜去你的心头肉,
　　　　我抵抗他的强暴无法:
　　　　他指着那阴森的地狱,
　　　　我心怯他的恫吓:——
　　　　呀,我摆不脱曾经的盟约!

新郎　偎着我,闭着你的眼,
　　　　就只你与我,地与天,
　　　　放心,我爱,再没有祸变。

鬼　　偎着我,跟着我来,
　　　　我是你的保护与引导;

我不耐烦等着，快来，
我们的新床已经安好。
是呀，新的房与新的床，
长生不老，我是夫，你是妻，
乐园在眼前，只要你的眼闭，
来呀，实现盟约的风光。

新娘 饶着我，再说一句话，
趁我的心血不曾冷，
趁我的意志不曾败，
趁我的呼吸不曾凉。
不要忘记我，我的郎，
我便负心，你不要无常，
留给我你的心，我的郎君，
永葆着情真与恩缘；
在寂寞的冷落的冬夜，
我的魂许再来临，我的郎君。

新郎 定一定心，我爱，安你的神：

休教幻梦纠缠你的心灵：
那有什么变与死，除了安宁？

鬼 罪孽！脆弱的良心，
这是人们无聊的收成！
你将来重复来临，
只见他的恩情改变，冷淡，
也让你知道那苦痛与怨恨，
曾经一度刺戟我的心坎；
只见一个更美丽的新人，
占据你的房栊，你的床棂，
你的恋爱，与他儿女产生：
那时候你与我，
在晦盲的昏暮，
颠播，呼号，纵横。

注释：

1　载1924年4月11日《晨报副刊·文学旬刊》，题名下有英文名"The Hour and the Ghost"，署名志摩；初收于《翡冷翠的一夜》。寇列士丁娜·罗塞蒂（Christina Georgina Rossetti，1830—1894），今译克里斯蒂娜·乔治那·罗塞蒂，为但丁·盖布里尔·罗塞蒂之妹，先拉斐尔派女诗人，著名作品有童话诗《妖魔集市》和讽喻长诗《王子的历程》等。

歌[1]

———————— [英]寇列士丁娜·乔治那·罗塞蒂

我死了的时候,亲爱的,
　别为我唱悲伤的歌;
我坟上不必安插蔷薇,
　也无须浓荫的柏树:
让盖着我的青青的草
　淋着雨,也沾着露珠;
假如你愿意,请记着我,
　要是你甘心,忘了我。

我再不见地面的青荫,
　觉不到雨露的甜蜜;
再听不见夜莺的歌喉
　在黑夜里倾吐悲啼;
在悠久的昏暮中迷惘,
　阳光不升起,也不消翳;
我也许,也许我记得你,

我也许,我也许忘记。

注释:
1 载1928年6月10日《新月》第1卷第4号,署名志摩;初收于《猛虎集》。

Early Bathing[1]

―――――――――――――――― ［英］史温朋

五月天未明，早出东向海，
东向海，为求光明纯洁朝旭之华彩。
一波不起万籁静，
解衣摸索身赴水，
身入水，晓寒彻骨呼吸几绝味殊美。
此时唯闻豁水声，
四隅沉沉月落星暗，
天际渐渐发晶莹，
发晶莹，漫天黑暗透光明。
风来郁郁波纹动，波纹闪铄掩映杲杲东白之云英。
平旦已升，彩焰绝伦，
泳者大笑，声震鸿钧。

注释：

1　题意为"晨浴"，译于1922年8月前，未发表；初收于《徐志摩全集》第1辑。史温朋（Swinburne，1837—1909），今译斯温伯恩，英国诗人、文学评论家，和先拉斐尔派关系密切，著名作品有诗剧《阿塔兰忒在卡吕东》、长诗《日出前的歌》和论著《论莎士比亚》。

她的名字[1]

[英] 哈代

在一本诗人的书叶上
我画着她芳名的字形;
她像是光艳的思想的部分,
曾经灵感那歌吟者的欢欣。

如今我又翻着那张书叶,
诗歌里依旧闪耀着光彩,
但她的名字的鲜艳,
却已随着过去的时光消淡!

十六日,早二时

注释:
1 译于1923年10月16日;载1923年11月10日《小说月报》第14卷第11号,题名下有英文名"Her Initials";初收于《徐志摩全集》第6辑。哈代(Thomas Hardy, 1840—1928),英国小说家、诗人,代表作为小说《德伯家的苔丝》和《无名的裘德》,历史诗剧《列王》。

窥镜[1]

[英]哈代

我向着镜里端详,思忖,
镜里反映出我消瘦的身影,
我说,"但愿仰上帝的慈恩,
使我的心,变成一般的瘦损!"

因为枯萎了的心,不再感受
人们渐次疏淡我的寒冰,
我自此可以化石似的镇定,
孤独地,静待最后的安宁。

但只不仁善的,磨难我的光阴,
消耗了我的身,却留着我的心;
鼓动着午潮般的脉搏与血运,
在昏夜里狂撼我消瘦了的身形。

十六日,早九时

注释:

1 译于 1923 年 10 月 16 日;载 1923 年 11 月 10 日《小说月报》第 14 卷第 11 号,题名下有英文名"I Look into My Glass";初收《徐志摩全集》第 6 辑。

伤痕[1]

———————————————————— [英]哈代

我爬登了山顶,
　　回望西天的光景,
太阳在雾彩里
　　宛似一个血殷的伤痕;

宛似我自身的伤痕,
　　知道的没有一个人
因为我不曾袒露隐秘,
　　谁知伤痕透过我的心!

注释:
1　载 1923 年 12 月 10 日《小说月报》第 14 卷第 12 号,题名下有英文名"The Wound";初收于《徐志摩全集》第 6 辑。

分离[1]

——［英］哈代

急雨打着窗，震响的门枢，
　　大风呼呼的，狂扫过青草地，
在这里的我，在那里的你，
　　中间隔离着途程百里！

假如我们的离异，我爱，
　　只是这深夜的风与雨，
只是这间隔着的百余里，
　　我心中许还有微笑的生机。

但在你我间的那个离异，我爱，
　　不比那可以短缩的距离，
不比那可以消歇的风雨，
　　更比那不尽的光阴，窈远无期！

注释：

1　载 1923 年 12 月 10 日《小说月报》第 14 卷第 12 号，题名下有英文名"The Division"；初收于《徐志摩全集》第 6 辑。

在火车中一次心软[1]

[英]哈代

在清朝时过一座教堂,
再过去望见海滨的黄沙,
正午过一处烟黑的村庄,
下午过一座森林,黑橡与赤杨,
　　最后瞥见了在月台上的她:

她不曾见我,这光艳的妙影。
我自问,"你敢在此下车,为她?"
但我坐在车厢里踌躇未定,
车轮已经离站开行。顽冥!
　　假如你曾经下车,为她!

注释:

1 译于 1924 年 5 月;载 1924 年 6 月 1 日《晨报副刊·文学旬刊》,原题为 "Fain Heart in Railway Train",初收于《翡冷翠的一夜》。

我打死的那个人[1]

——［英］哈代

要是我与他在那儿
　老饭店里碰头，
彼此还不是朋友，
　一同喝茶，一起吃酒。

但是碰巧彼此当兵，
　他对着我瞄准，
我对着他放枪，——
　我结果了他的性命。

我打死他为的是
　为他是我的敌人，
对呀：我的敌人他当然是；
　那还有什么疑问？

又是他为什么当兵：

还不是与我一样倒运,
无非是为活不了命,
　　当兵,做炮火的冤魂。

说是;这打仗真古怪!
　　你打死他,一样一个人,
要是在饭店里碰着他,
　　也许对喝老酒三斤。

注释:
1　载1924年9月22日《时事新报·学灯》,原题《我打死的他》,后改题为:《我打死的那个人》(from "Time's Laughing-Stocks"),括号内英文意为"选自《时光的笑柄》",载9月28日《晨报副刊》,署名志摩;初收于1980年台湾时报文化出版事业有限公司《徐志摩诗文补遗》。

公园里的座椅[1]

[英]哈代

褪色了,斑驳了,这园里的座椅,
原先站得稳稳的,现在陷落在土里;
  早晚就会凭空倒下去的,
  早晚就会凭空倒下去的。

在夜里大红的花朵看似黑的,
曾经在此坐过的又回来坐他;
  他们坐着,满满的一排全是的,
  他们坐着,满满的一排全是的。

他们坐着这椅座可不往下沉,
冬天冻不着他们洪水也冲不了他们,
  因为他们的身子是空气似的轻,
  他们的身子是像空气似的轻。

注释:

1 载 1924 年 10 月 29 日《晨报副刊》，题下有注：译自 Thomas Hardy "Late Lyrics and Earlier"，意为译自托马斯·哈代《抒情诗集》；初收于《徐志摩诗文补遗》。

两位太太[1]

——[英]哈代

王受庆[2]再三逼迫我要我翻哈代的这首诗,我只得献丑,这并不是哈代顶好的诗,也还不是他最恶毒、最冷酷的想象,他集子里尽有更难堪的厌世的观察,但这首小诗已够代表他的古怪的,几乎奇怪的,意境;原诗的结构也是哈代式的"致密无缝",也许有人嫌他太干瘪些——但哈代永远是哈代。我这译却只是好玩,并不曾下工夫细心的"配置",只要王受庆看了哈哈一笑就得!

志摩

她们俩同出去坐船玩:
  我的太太与我邻居的太太;
我独自在家里坐着——
  来了一个妇人,我的性命她,
我们一起坐着说着话,
  不提防天气隐起了变化,
乌云一阵阵的涌起,

我不由的提心——害怕。

果然报来了消息,
　　说那船已经沉没,
淹死了一个太太,
　　是那一位可不明白:
我心想这是谁呢——
　　是我的邻居还是她,
淹死在无情的水底;
　　永远再不得回家?
第二次消息又传到,
　　说死的是我朋友的她。

我不由的失声叹息,
　　"这回自由了的,是他!"
但他可不能乐意,
　　松放了我不更佳!
"可是又何尝不合式呢?"
　　冷冷的插话,我爱的她,
"这怎么讲。"我逼着问。

"因为他爱我也与你一般深,
因此——你看——可不是一样,
管她死的是谁的夫人?"

十一月四日

注释:

1 译于 1924 年 11 月 4 日;载 1924 年 11 月 13 日《晨报副刊》,题下标明:"Two Wives" by Thomas Hardy;初收于《翡冷翠的一夜》。
2 王赓(1895—1942),字受庆,江苏无锡人,民国陆军中将,是徐志摩第二任妻子陆小曼的前夫。

多么深我的苦[1]

———— [英] 哈代

多么深我的苦,多么稀我的欢欣,
　自从初次运命叫我认识你!
——这几年恼人的光阴岂不曾证明
我的欢欣多么稀,我的苦多么深,
记忆不曾减淡旧时的酸辛,
　慈善与慈悲也不曾指示给你
我的苦多么深,多么稀我的欢欣,
　自从初次运命叫我认识你?

注释:
1　约译于1924年;题名下有英文题名"How Great My Grief";初收于《徐志摩全集》第1辑。

To Life[1]

［英］哈代

人生,你满脸的忧愁与干枯,
  我不耐烦看着你,
还有你的泥污的衣,你的踉跄的步,
  你的过于装作的滑稽!

你的法门我全知道,人生,
  无非是死亡,时光,命运——
我早已知晓,我也懂得,分明,
  我也迟早是你的牺牲。

但是你可否打扮你自身,
  穿一身艳丽的衣裳,
发一日的疯,假装是情真,
  只当现世已是天堂?

我也会来鼓起我的兴,

伴着你游戏到黄昏；

也许串演时的乔装与殷勤，

我竟相信是情真！

注释：

1 题意为"致生活"；约译于1924年；初收于《徐志摩全集》第1辑。

送他的葬[1]

———————————— [英] 哈代

他们送他到他的安息国——
　　蠕动着一道纡缓的行列；
我跟在后背，一个送殡的外客，
　　他们是他的亲属，我是他的……
我不曾撤换我的艳色的衣装，
　　虽则他们都是遍体的乌黑，
但他们只冷淡的站着观望，
　　我的伤心却火焰似的消蚀！

注释：
1　约译于 1924 年；题名下有英文题名 "At His Funeral"；初收于《徐志摩全集》第 1 辑。

在心眼里的颜面[1]

——[英] 哈代

那是她从前的窗,
　　窗前的烛焰,
透露着示意的幽光,
　　"我在此间!"

如今,还同从前,我见她
　　在玻窗上移动;
啊:那是我的幻想的浮夸,
　　唤起她的娇容!——

不论在海上,在陆地,在梦里,
　　她永远不离我的心眼,
任凭世上有沧海与桑田的变异,
　　我永远保有她的宛委

这般的姿态,又温柔,又娇羞,我爱,

谁能说你不美?
　怜悯我的孤寂与忧愁,你常来,
　　　我的恋爱的鬼!

注释:
1　约译于1924年;初收于《徐志摩全集》第1辑。

在一家饭店里[1]

[英] 哈代

"可是听着,你不走的话,这孩子生下来,
算是你丈夫又多添了一个,也就完了,
要是我们一走,这吃人的世界就有了机会,
这西边儿热嘲,东边儿冷笑可受不了;
再说这一块肉将来长大时也就够受罪,
所以我看这偷走的意思还得仔细的想一回。"
"嗳可是你那懂得做女人的地位,我爱,
真叫难;整天整晚的叫你不得安宁,
就怕事情一露亮儿就毁。
我怎么能耽,这每晚还得搂着他,抱着他,称他的心!
管得这孩子将来的命运,造业也是活该,走我们的吧,
谁叫这生米煮成了熟饭,咳!"

注释:
1 载 1925 年 3 月 9 日《语丝》第 17 期;初收于《徐志摩诗文补遗》。

一个厌世人的墓志铭[1]

———————————————— [英] 哈代

太阳往西边落，
　　我跟着他赛跑，
看谁先赶下地，
　　到地里去躲好。

那时他赶上我前，
　　但胜利还是我的，
因为他，还得出现，
　　我从此躲在地底。

注释：
1　选自《厌世的哈提》，载 1925 年 5 月 20 日《晨报副刊》，文内附有英文标题 "Cynic's Epitaph" 及英文原诗。初收于《翡冷翠的一夜》。

疲倦了的行路人[1]

—————————————— 〔英〕哈代

一片平原在我的面前，
正中间是一条道，
多宽，这一片平原，
多宽，这一条道！

过了一坡又是一坡，
绵绵的往前爬着，
这条路也许前途
再没有坡，再没有道？

啊！这坡过了一坡又到，
还得往前往前，
爬着这一条道——
瘦瘦的白白的一线。

看来天已经到了边；

可是不,这条道

又从那石背往下蜒,

这道永远完不了!

注释:

1 选自《厌世的哈提》,该文原刊 1926 年 5 月 20 日《晨报副刊》,文内附有英文诗题"The Weary Walker"及英文原诗。

一同等着[1]

———————————————— [英] 哈代

天上一个星瞅着我望,
它说:"这儿我跟你
耽着,你在下,我在上;
你想打什么主意,——
　　打什么主意?"

我说:"我怎么能得知,
等着吧,让时光往前挪,
总有一天见分晓"——"可不是,"
那星说,"我也这么说:——
　　我也这么说。"

注释:

1　选自《厌世的哈提》,该文原刊 1926 年 5 月 20 日《晨报副刊》,文内附有英文标题"Waiting Both"及英文原诗。

一个星期[1]

[英] 哈代

星一那晚上我关上了我的门，
心想你满不是我心里的人，
此后见不见面都不关要紧。

到了星期二那晚上我又想到
你的思想；你的心肠，你的面貌，
到底不比得平常，有点儿妙。

星三那晚上我又想起了你，
想你我要合成一体总是不易，
就说机会又叫你我凑在一起。

星四中上我思想又换了样；
我还是喜欢你，我俩正不妨
亲近的住着，管它是短是长。

星五那天我感到一阵心震,
当我望着你住的那个乡村,
说来你还是我亲爱的,我自认。

到了星期六你充满了我的思想,
整个的你在我的心里发亮,
女性的美那样不在你的身上?

像是只顺风的海鸥向着海飞,
到星期天晚上我简直的发了迷,
还做什么人这辈子要没有你!

注释:

1 译于1928年2月;载1928年3月10日《新月》第1卷第1号,署名志摩;初收于《猛虎集》。

对月[1]

[英] 哈代

"现在你是倦了老了的,不错,月,
  但在你年轻的时候,
你倒是看着了些个什么花头?"
"啊!我的眼福真不小,有的事儿甜,
  有的庄严,也有叫人悲愁,
黑夜,白天,看不完那些寒心事件,
  在我年轻轻的时候。"

"你是那么孤高那么远,真是的,月,
  但在你年少的时光,
你倒是转着些个怎么样的感想?"
"啊,我的感想,那样不叫我低着头
  想,新鲜的变旧,少壮的亡,
民族的兴衰,人类的疯癫与昏谬,
  那样不动我的感想?"

"你是远离着我们这个世界,月,
    但你在天空里转动,
有什么事儿打岔你自在的心胸?"
"啊,怎么没有,打岔的事儿当然有,
    地面上异样的徵角商宫,
说是人道的音乐,在半空里飘浮,
    打岔我自在的转动。"

"你倒是干脆发表一句总话,月,
    你已然看透了这回事,
人生究竟是有还是没有意思?"
"啊,一句总话,把它比作一台戏。
    尽做怎不叫人烦死,
上帝他早该喝一声'幕闭',
    我早就看腻了这回事。"

注释:

1 译于1928年2月;载1928年3月10日《新月》第1卷第1号,署名志摩;初收于《猛虎集》。

哈代八十六岁诞日自述[1]

[英] 哈代

好的,世界,你没有骗我,
　你没有冤我,
你说怎么来是怎么来,
你的信用倒真是不坏。
打我是个孩子我常躺
在青草地里对着天望,
说实话我从不曾希冀
　人生有多么艳丽

打头儿你说,你常在说,
　你说了又说,
你在那云天里,山林间,
散播你那神秘的语言:
"有多人爱我爱过了火,
有的态度始终是温和,
也有老没有把我瞧起,

到死还是那怪僻。"

"我可从不曾过分应承。
　孩子；从不过分；
做人红黑是这么回事"，
你要我明白你的意思。
正亏你把话说在头里，
我不踌躇的信定了你，
要不然每年来的烦恼
　我怎么支持得了？

注释：

1　译于 1927 年 4 月 20 日；载 1928 年 5 月 10 日《新月》第 1 卷第 3 号，署名志摩；初收于《猛虎集》。

文亚峡[1]

———————————————————————— 〔英〕哈代

她（在马背上）
有一群狗打这儿过吗？

他（在马背上）

      过去有半天了，
它们顺着风嗥着跑，望着斑痕的树林，
那儿多的是野味，它们还得卖一回劲，
完了事多半它们就顺着道回义河了。

她
这多别扭！我缓缓的过来满没有想着。

他
怎么了——出神了吧！一事儿往一事儿跳。

她（口气较软）
倒不全是那个……可是我得拿主意才好。

他
赶回家得了。可是你没有上这儿的山坡
望一望风景？没有？这倒值得看，别错过。

你得下马。这道儿骑着马还不如跑路。

（他俩下了马，给笼住了，从路边上山有半里光景）

他

你瞧，这一望半个卫彻克斯见看得清，

树林，溪谷，顺着下去到鲁屯山，到毕屯宾。

她

风景倒真不错。我白住在这克鲁坑一带，

可没有来过。（她回头看）唷！我说这怎么来，

你瞧那两马不是跑了？这叫我怎么办？

（那两马跑了开去）

全是你，看甚么风景把我带上了山坡！

你准是早知道要出岔子——

他

      谁说的，亲爱的！

她

我不是你亲爱的。

他（极柔和）

     可是我要是这么叫你，

你有什么法想。我认为顶美的女子

当然是我亲爱的——也不能全怪我不是？

她（急说）

这底下我们望得见的屋子是那儿？

他

喔，那是个客店叫"文亚峡"的。——我下去，
追那两牲口回来，你候着，不要跑了。

（他下山去，她等着）

她

他倒是漂亮，不像是本地人的模样

（他回来）

他

我走不到多远碰着一个乡里做工的；
他说他去把那溜缰的马给追回来，
多半要不了天黑就回得来，他腿快。
下来到客店里坐坐；等他回来再走。

（他俩缓缓的向这方向走）

她

多荒野的一个客店。干吗这儿有店？

他

为着我们开的。事情是有这么巧。

她

事情是有这么巧？你说的甚么事情？

他

浪漫的事情。给人想不到看不见的密会。

她

今儿的可是意外，谁想到有这么回事儿，
就算我要跟人约会，我也不能这么莽撞，
尤其是这个时候，天都快黑了，这那儿成。

他

就我也不。可是我说像这小客店的荒野
还不是在难中的情人们的天成好窝儿，
我们私下跑了，比方说，又怕被人家带住，
到这儿一探不就合式。这地方谁找得着？

（他走向那工人；又回来）

他说那两马早穿过那树林子跑远了，
怎么追也追不着。它们自个儿回去了。

她

那怎么好呢？天一忽儿黑，又下雨了。得，
总是这么着。一事儿出了岔就岔到底！

他

这也没有法想,我看我们还不如等着,
息一忽儿,看有没有车在道儿过:
就许我们得耽着等天亮才跑得了:
这山道上满是水,晚上赶路更不妥当。

她

耽着?你倒想得现成!

他

      我就是这个主意,
亲爱的,你不嫌吧?

她

这么说。也好(更软和些),我倒不怎么嫌,
就许我神气有点儿。可是我得对你说
一件事。我就结了婚的。你明白了就该——

他

喔,我还不是一样。(静一阵子,他看着她)
这好玩,你站得满不动活,你那耳环子
跟着你太阳心的筋脉一摆一摆的摇。

她

是吗?也许就为我蓦地叫你带住了,

有点儿心跳！（小语）我们怎么会得碰着？

  他

天知道！也许天让我们尝点儿苦里甜。
管它，我们进去吧。总不能在露天里耽着。
天是越来越黑，雨又是这丝的下。
就这一回你怎么也得把我当作你的
情人看待。反正一到明天就没有事儿！

  （他们到了客店，门锁着，他们看出门上挂着出租的木牌。他们正站着发愣，前面一座篷车来了，坐着客人）

  她

啊，这才有出路了！这是克鲁坑的客车。

  他

这是促狭的运命裁下了促狭的障碍！

  她（逗着他）

障碍你的"做爱"，要是在这儿再耽下去
不用说，你的事儿是越来越得劲！

  （车上来了。她的同伴悻悻地招呼车）

  他

是的……你也保不定得大发你的慈悲，

要是客店开着的话!得,说实话,我是
有点儿难受。你呢?说,亲爱的,得说实话!

  她(微带模棱)

我差不多——也有点儿。但这样是顶好了。
因为——亲爱的——瞧我也说了吗!
——你想两人同住在一店里(虽则各人一房间,当然)
——左右又没有人——终究有些不妥当,
情人们固然是妙极了我何尝不明白。

  他(叹了一口气)

车!劳驾把我太太带了去。

  她(低声急语)

    太太?你倒是——

  他(接着说)

她的马把她给颠了下来,自个儿跑了:
费心给送到克鲁坑。我在这儿有事。

  车夫

就是了,先生!我这就一直往客鲁坑去。

  他(对她,高声说)

这不合式,乖。我就回家。再见吧!(亲吻她)

  她(急乱低语)

你不应该的！好，简直称是我的丈夫了！
你这一来我不也得充做你的太太了！

  他（低语）

可不是，我已经亲了你的。知道我意思
是省得人废话，这夜晚我们在这儿
单身耽着算甚么了？

  她（低语）

那我不也得亲你？

  他

是呀：这无非是装幌的一回事，你知道，
免得闲人多嘴。话儿一传就上了颜色。

  她

我才不想到这事儿到这个地步！（亲他）
尤其说不过去的是，我说都不好意思，
我还有一个小贝贝在家里等着我呢！

  他

啊，这你比我凶了——可是，亲爱的，在这儿
你得装到底，做我的夫人，卖我可不成，
管得你贝贝不贝贝，我们已经装上了，
况且虽说是装，竟像是真的一样！

她

好吧!已然是了,我的良心也早发木了!

　　(扬声)

再会,亲爱的,一忽儿见!我等着你回来。

　　(低声)

这是说永远不再会面;你听真了没有!

今晚的事儿从此不提!

　　他

　　　　　　半个字都不提,

除是毕屯林叫麦虚窝的风给吹得着!

　　(他扶她上车。下场)

注释:

1　载1928年6月《现代评论》第三周年纪念增刊;初收于《徐志摩诗全编》,浙江文艺出版社,1990年。

海咏[1]

—— [英]嘉本特

整夜在大海边。

渺茫的水,前涌的海沫,几叠窅长的白线,沙洒地在鸣咽,迟重地在冲撼,这沉闷的海喘,这锐刺的海味,

这伟大迟钝的风,正在远处的天边兴动,这空间的伟秘,这层云薄幕大空!

这沉重的冲撼声在进行不息——这大海的倦眠依然未醒。

这深长的内吸——这短剧的外呼——这呼吸间的噤寂。

我只是这海边的一砂一砾:海浪啮噬我,

我是他们牧场上的嫩草;

海浪!我喜的是你们当我青草般来啮噬。

我只是大海的一支小臂:这昏沉旋绕的梦境在进行——
我只稳眠在浪涛中心,我平展着肢体眠稳。

多美啊!我只在浪涛中稳眠平展。浪涛在我身上贯刺旋绕——在我面上发里轰腾冲扰。

黑夜沉沉的在我头顶:我看不见他们,我只觉得他们,我只听得他们的幽笑。

这情景在进行不息!
这古怪开拓的涛声在进行不息!
霎时地我只是大海自身:莽苍温驯的风在我面上潜爬。
我爱上了这风——我伸着口唇去迎吻。
多美啊!整夜整年整世纪的平展在浪涛中向缓动的风迎吻!
但现在我被她扰怒了,我起身在我的床中急转,愤愤的伸手沿着海边乱扫。

我更不知道海滩上的那一块是我;所有的湾澳认识我:沿着这美丽的海岸,在阳光下我缓缓的进退;我的发在身后辽远地浮着;我无数的孩子一齐在冲我的面庞;
我听他们的说话,我是异常的满足。

整夜在海边;
这海是无数面庞的海。

这长长的白线上来——一面又一面,当着我上来又
　　过去——
冲撼声也相承不息。这是苦痛还是欢喜!
一面又一面——无尽的!

我不知晓;我的知觉麻木了;我神魂迷荡了——
　　我是脱离了!
我只是海岸的一块:
我是海浪的食料,他们当作青草似的咬嚼我,我注意的
　　集中,只跟着他们的触刺;
我喜的是,浪呀!你们当我草般来啮噬。

我是脱离了,我脱离了这海滩;我是自由了——
　　我流了出去,和其余的合伙去了,
苦痛也过去了,尖锐的黏附的欲望是没有了,
　　我觉得我四周都是相类的生灵,我就在他们的中间稳
　　　展着,我是沉没在密接的海里。
自由与平等是事实了。我的生命与欢乐似乎已经开
　　始了。

这情景在进行不息!

霎时的我只是这伟大灵活的海自身——浩大的神灵在我的面上潜爬。

我爱上了他。整夜整年整世纪的我在恋爱中倾倒,我的灵魂给他。

我自己也无限地开展,我愿与他相接,无处不与他同在。

这是无止境的。但有时他的刺触惹怒了我。我就起来扫略我的约束。

我虽则知晓,但我不再顾念,我自己的身体是那——所有的境遇与幸运都是我的了。

这美的人生的海岸线边,在所有的海边,在所有的气候与国度里,在所有的僻隅与小澳里;

我只在我所恋的神灵眼前缓缓流着!

欢乐呀!永远,无疆的欢乐!

我不须匆促——整个的无穷是我的了;有谁停留处我便停留,有谁休止处我便休止——我和你去休止。

各个生命温暖的呼吸都督着我上升:我从工倦了我手指

里取过了针线,继续的做去;

所有最秘密的思想都是我的,我的便是最秘密的思想了。

整夜的在海边;

黎明的清风已在吹动。

这神秘的黑夜消翳了,但我的欢乐却永远在着,

我起来捡一块石子投向水中(多面的海我将这首诗投入你们中间)——然后在绎缲的沙滩上走向陆地去。

注释:

1 载 1923 年 11 月 21 日《晨报副刊·文学旬刊》,署名志摩;初收于《徐志摩诗集》,浙江文艺出版社,1983 年。嘉本特(Edward Carpenter, 1844—1929),今译卡彭特,英国作家,拥护社会改革和 19 世纪晚期的工艺美术运动。主要作品有长诗《走向民主》,还有讨论艺术与生活的关系的著作《天使的翅膀》和《创造的艺术》,以及关于两性关系的著作《爱的成年》和《中间的性》。

性的海

———————————————————— [英] 嘉本特

要包涵在你的身体里,静定的不露痕迹,那大海,那(男女)性的大海,
推着来,涌着去,那海里的波涛,冲压着这身体边沿,挑逗着至爱的性能的官器,
震荡着,汹涌着,直到星辉似的恋情的神光在所有人类的睛球中闪亮,
反映着天堂与一切的生物——
这是何等的神奇!

不见一个人影,没有一个男子或是女子露面,只有一阵的颤震在这海面上飘着。
比如在一个湖边的山岩上有人在那里动着;
水的深处也就发生了相当的反应,
所以,这深沉海水也感应着海边的动静。
人的形体永远是庄严的;即使淡淡的呈露着单纯的形廓,在树荫下或在海滩边,他也感受着无穷的往迹的

震荡。(但海岸是强固的坚定的,不是轻易可以超越的;)

到了时候,只要一个人的眼光的摄力,或是他的迫近的踪迹,或是他的些微的接触,

这海水就狂也似的冲了出去,再也不容攀挽。

神奇的性的海呀,

在一个人的身子里包含着这万万的,万万的细小的种子似的人形的大海,

这宇宙本体的照镜,

各个身体的圣庙与神龛,

河海永远的流着,在人道的躯干与枝干里永远的流着,

所有的男女只是叶苗似的从这里面迸射成形的现象!海呀,我们这样神奇的包容着你(如其我们真的包容你),但是包容着我们的也只是你!

有时我觉着,我知道你在我的里面,我与你化合成一体时,

我方才感悟我这渺小的个体的来源即是天地与光阴无可稽核的来源。

注释：

1　载 1924 年 12 月 27 日《晨报副刊》，原题为《性的海》(The Ocean of Sex)，题名下有英文注：p. 383. *Towards Democracy*，即为《走向民主》第 383 页；初收于《徐志摩诗集》。

我要你[1]

———————————————— ［英］沙孟士

我不能没有你：你是我的，这多久，
是我唯一的奴隶，我唯一的女后。
我不能没有你：你早经变成了
我自身的血肉，比我的更切要。
我要你！随你开口闭口，笑或是嗔，
只要你来伴着我一个小小的时辰，
让我亲吻你，你的手，你的发，你的口。

让我在我的手腕上感觉你的指头。
我不能没有你。世上多的是男子们，
他们爱，说一声再会，转身又是昏沉：
我只是知道我要你，我要的就只你，
就为的是我要你。只要你能知道些微
我怎样的要你！假如你一天知道
我心头要你的饿慌，要你的火烧！

注释：

1 载 1925 年 11 月 25 日《晨报副刊》，原题为《译诗》，另注："Amoris Victima"第六首，意为"爱的牺牲者"第六首，署名鹤；初收于《翡冷翠的一夜》，改题为《我要你》。沙孟士（Arthur Symons，1865—1945），今译阿瑟·西蒙思，英国诗人、文学评论家，是法国象征派诗歌的热情支持者，并将象征主义引入英国。作品有诗集《剪影》《伦敦之夜》和论著《象征主义文学运动》等。

诗一首

[英]沙孟士

明知不再是我的了,你,但我还不
这样想,我恨不能打破你的迷蛊,
好叫我这心,这太软弱于一个心,
享受一半个急促的遗忘的时辰,
这心,在记忆中密层层的自缚,
更无力反抗,更不能痛快的忘却。
我再不能想:这是我唯一的安全路。
我再不能想你;甚至我不能自语,
"我已经忘了。"我来想——但是谁呢?
谁都是可以的,旁人,只要不是你!
啊,但这又是软弱:我便不能强硬!
就比你,你有的是成心负我的狠心?
且莫让它变恨,为着爱,让我的爱
给我力量,让我暂且忘却你一时间!

注释：

1 载 1926 年 4 月 22 日《晨报副刊·诗镌》第 4 期，以"译诗"为题，署名谷，题名下有原诗题"Amoris Victima"（西班牙文），意为"爱的牺牲者"；初收于 1980 年台湾时报文化出版事业有限公司《徐志摩诗文补遗》。

会面[1]

——［英］曼殊斐儿

你我说话了，
彼此望了望，又背转了身去。
眼泪不住的在我眼里升起
但我哭不出声，
我要把住你的手
但我的手在发着抖，
你尽算着日子
算要过多少日子我们再能得见，
但你我在心里都觉得
我们这回分别了再也不得会面。
那只小钟的摆声充满了这静默的屋子。
"听呀"，我说。这声音响极了，
就像是一匹马在冷静的道上奔，
有那样的闹———一匹马在夜里奔着过去。
你把我圈在你的臂围中。
但那钟的声音压住了我们心的跳动。

你说,"我不能走凡是我的活着的
永远永远和你一起在着"。
后来你去了。
世界变了相。钟的声音也是
越来越见软弱,衰萎了下去,
成了一件极不相干的事。
我在黑暗里低声说,
如果它停了,我就死。

注释:

1 《会面》及后文《深渊》《在一起睡》二篇,均载 1930 年 8 月 15 日南京《长风》半月刊创刊号;初收于《徐志摩全编》。

深渊

[英] 曼殊斐儿

隔离着你我的是一个沉默的深渊。
我站在渊的这一边,你在那一边。
我见不到也听不到你,可知道你是在那里。
我再三提着你的小名儿呼唤你,
还把我也自己叫的回声当作你的答应。
我们如何填起这个深渊?
再不能用口,也不能用手。
我先前会想我们许可以把眼泪
来填得它满满的。
现在我要用我们的笑声来
销毁了它。

在一起睡

——［英］曼殊斐儿

在一起睡……你倦得成个什么样子！
我们的屋子多么暖和……看这灯光
散落在板壁上，顶板上和大白床上！
我们像孩子似的低着声音说话，
一会儿是你，又一会儿是我，
睡了一晌又醒过来说——
亲爱的，我一点也不觉困，
不是你就是我说。
有一千年了吧？
我在你的怀抱中醒来——你睡得着着的——
我听得绵羊在走路的蹄声，
轻轻的我溜下了地，爬着走到
挂着帘子的窗口，
你还睡你的觉，
我望着一群羊在雪地里过去。
一群的思想，跟着他们的牧人"恐惧"

颤抖着,在寒夜里凄凉的走着道,
它们走进了我的心窝如同羊进了圈!
一千年……还不是昨天吗
我们俩,远远的两个孩子
在黑暗中贴得紧紧的,
躺着在一起睡?
你倦得成个什么样子!

有那一天[1]

[英]詹姆斯·埃尔罗伊·弗莱克

她误入了地狱,一只梅花小雀,
  歇在一株漆黑的树上,她唱,
  她唱,唱醒了群鬼的怅惘,
怅惘清风,白日,青林的快乐。
唤醒了群鬼,这小鸟的声调,
  这才明白他们已经来到地狱,
  这时候有一只鬼手在摸索,
拉一个生前骨肉,紧紧的搂抱。

注释:
1 载1925年1月24日《现代评论》第1卷第7期,初收于《徐志摩诗文补遗》。詹姆斯·埃尔罗伊·弗莱克(James Elroy Flecker,1884—1915)是英国小说家、剧作家和诗人。30岁时在瑞士达沃斯死于结核病,他的死被描述为自济慈去世以来英国文学遭受的最大损失。

Joseph and Mary[1]

——————————————— [英] 詹姆斯·埃尔罗伊·弗莱克

一 乔塞夫

马丽！宁子匪彼姝，
　　撷华春戏我？
　　余汝不相识，
　　中心实迟疑，
　　今夕子何疏？

　　我昔近女郎，
　　素朴还馨香，
　　青青林中树，
　　伊彼正时光；
　　谁赋此妙眼，
　　临耀深且长，
　　况复淡娥眉，
　　国色安可量。

二 马丽

有客尝来止,
双足展奇芒,
切切为予言,
奇言不可商,——
侬徒一村姑,
云何子且王?

三 乔

爱卿汝何云,
有子且为王,
帝子产园厩,
夫谁知短长?

四 马

芒星缀蓝天,
子亦有闻否?
长笛声沉沉,
哨角声负负。

五 乔

爱卿一何聩,

爱乐岂汝伤;

予且视稚子,

揭去其衣裳。

六 马

嘻?竖子此何光?

七 乔

四肢流光辉,

良不可瞻依。

八 马

冬日已贮光,

精焰入童体。

嘻子其东望!

我闻有声响,

嗟予乔塞夫,

子今复何睇?

九 乔

雪偃平壤静,
枝头发微芒;

长天蔚澄碧,
白露映星光,
问予何所见,
灿然见三王,
施施下山来,
王冠金色黄。

马丽汝何闻?
马丽亦何见?
马丽今西乡,
西方复何现?

十 马

枝头芒微展,
静雪似平壤:

问予何所见,
七竖来成行,
壮硕逸高瞩,
气宇甚堂皇;

一方天门开,
安琪俄然现,
长舞复款歌,
余音犹妍恋。

十一 乔

王子甚名贵,
我意良欣骇;
牧竖复何与,
鄙野且驵骏。

十二 马

彼竖正酣歌,
歌声子未闻,
妙目发光华,

粲然莫可伦。

注释：
1 现译《约瑟夫与玛丽》；译于1922年8月；初收于《徐志摩全集》第1辑。

四行诗[1]

——————————————— [德] 歌德

谁没有和着悲哀吞他的饭,
　　谁没有在半夜里惊心起坐;
泪滋滋的,东方的光明等待,——
　　他不曾认识你,阿伟大的天父!

注释:

1 载 1925 年 8 月 15 日《晨报副刊·文学旬刊》;初收于《徐志摩诗文补遗》。

天父[1]

———————————————[德]福沟

天父,你克除妖魔,
人间行善的保护,
可怜我们软弱的众生
只仰仗你的灵光救度。
天父,你大放光明
照亮我们的途径,
休教可怕的恶魔
迷蛊了我们的生命!

注释:

1 原载 1925 年 3 月 13 日《晨报副刊》,是《涡堤孩》第一幕第一景中老太太的祈祷唱词。Friedrich de la Motte Fouqué(1777—1843),今译富凯,德国作家。他的创作以小说为主,代表作《魔环》美化中世纪骑士制度和封建宗法社会,另有描写女水妖和骑士恋爱的童话《涡堤孩》传世。徐志摩 20 世纪 20 年代初在英国留学时曾全文翻译过《涡堤孩》,并寄回国内交上海商务印书馆于 1923 年出版。

涟儿歌[1]

[德] 福沟

涡堤孩,快来吧,涡堤孩!
清水是一片闪亮的明辉:
满天的星星,
  黑夜的清虚,
  水灵儿到青草地来小舞迂回。

没有一棵草上不带露珠,
替你编一顶鲜艳的绣帽,
  小灵儿欢欣,月丝儿织成;
明霞似的天锦,彩虹般的流苏。
涡堤孩,快来吧,涡堤孩!
你披一件闪亮的线衫
  青草地上舞蹈,手挽手儿欢噪,
直到东方放晓,白云里流出金丹。

注释:

1　原文载 1925 年 3 月 14 日《晨报副刊》,是《涡堤孩》中涟儿的唱词。

涡堤孩新婚歌

———————————————————————— [德] 福沟

小溪儿碧冷冷，笑盈盈讲新闻，
青草地里打滚，不负半点儿责任；
砂块儿疏松，石砾儿轻灵，
小溪儿一跳一跳的向前飞行，
流到了河，暖溶溶的流波，
闪亮的银波，阳光里微酡，
小溪儿笑呷呷的跳入了河，
闹嚷嚷的合唱一曲新婚歌，
"开门，水晶的龙宫，
涡堤孩已经成功，
她嫁了一个美丽的丈夫，
取得了她的灵魂整个。"

小涟儿喜孜孜的窜近了河岸，
手挽着水草，紧靠着芦苇，
凑近他们的耳朵，把新闻讲一回，

"这是个秘密,但是秘密也无害,
小涧儿流入河,河水儿流到海,
我们的消息,几个转身就传遍。"
青湛湛的河水,曲玲玲的流转,
绕一个梅花岛,画几个美人涡,
流出了山峡口,流入了大海波,
笑呼呼的轻唱一回新婚歌,
"开门,水晶的龙宫,
涡堤孩已经成功,
她嫁了一个美丽的丈夫,
取得了她的灵魂整个。"

注释:
1 载 1925 年 3 月 18 日《晨报副刊》,初收于《翡冷翠的一夜》。

抒情插曲(第65首)[1]

[德] 海涅

从碧色的长空,
堕下了一颗星来,
这是爱情的星儿,
流动着闪烁的光彩。

从苹果的树上,
花和叶飘下了很多;
这时来了啕气的风儿,
飞舞在半空一片婆娑。

在湖中长鸣着的天鹅[2],
时时低头唱着清歌,
来回来去的游动,
浮泳荡漾于水波。

天色是这样的幽静!

花叶全都飘零,

群星早经散去,

天鹅也早听不到歌声。

注释:

1 载《西北风》1936年6月16日第4期,署"徐志摩遗译"。末附编者按语:"上诗我得之于友人林君处,据说是从志摩先生给他的信里录出来的,原信或亦可在本刊下期发表。"

2 德国民间传说,天鹅在自己死期将至之时,引吭高鸣,潜水而死。所以常用"天鹅之歌"代指诗人绝笔。

诗一首[1]

———————————————— [德] 席勒

将军,我只能给你,
　一个做妹子的真心。
爱——你再不必问我,
　那是条荆棘的路径。

见你来,我不能动心。
　看你去,我只能镇定;
你泪眼里有无限的情意,
　我也见来,但我不能关心。

注释:

1　载 1925 年 8 月 11 日《晨报副刊》;初收于《徐志摩诗文补遗》。席勒(Schiller,1759—1805),德国诗人、剧作家、历史学家,著有诗歌《欢乐颂》,剧本《华伦斯坦》《阴谋与爱情》《威廉·退尔》和史学著作《三十年战争史》等。

一个女子[1]

[古希腊] 萨福

一

像是一只鲜甜的苹果,红艳艳的在最高的
　　树顶上亮着,
顶着在最高枝的顶尖上——那采果人忘了采,
　　也不知怎的,——
忘了采,咳不,采不着是真的,因为到如今
　　还是没人攀得着。

二

像是那野绣球花在山道上长着的,
让牧童们过路的脚踵见天的踩,见天的践,
直到一天那紫拳拳的花球烂入了泥潭。

注释:
1 载 1925 年 8 月 12 日《晨报副刊》;原诗题下有注:Rossetti 集句,意为罗塞蒂所集萨福诗句。初收于《徐志摩诗文补遗》。萨福,公元前 600 年左右的希腊女诗人。

牧歌第二十一章[1]

———————————[古希腊]梯奥克立德斯

此歌述二老渔翁之劳苦生涯,其一梦捕得一金鱼,且于梦中誓不更渔。其友讽之,言梦誓之虚犹之梦之无凭,不如勉求常鱼;借以度日,否则徒饿槁于黄金梦中耳。

狄奥封塔司,唤醒艺术的,只是穷;穷是劳工的教师。穷还不算,靠劳力过日子的人满心只是纠着烦恼,连睡梦也不得个安逸,就使晚上阖上了眼,要不,一会子烦恼又把他围了起来,又将他从梦中缠醒。

从前有两个渔人,一对老头,整天在他们平底的旧大船上度日,吃喝在一起,睡也在一起。他们小小的舱棚是用树枝架成的,里面安着些晒干的温草算是他们的床,他们每晚就贴着草壁睡。周围满散着他们劳力的工具,柳枝编的渔篮,芦梗截成的钓竿,各式的渔钩,满渍海盐的布帆,各类的线索,芦绒织的盛海虾筐子,一堆的大渔网,两枝桨,种种的零星。他们的头下,就是一点子草席,所有的衣服,和他们航海戴的软帽。这一船就是他们的劳力，就是他们的财产。进舱也不安个门儿，也没有看家的狗；他们看得都是"敷余"，因为穷就是他们的卫兵。他们也没有邻居，只是永远靠着他们狭小的舱棚，在海上隐隐地漂流。

月神的马车还不曾行到天中，但劳力的惯习，又将这一对老翁催醒；他们从倦眼中拂拭了些睡意，用话来警觉他们的梦魂。

亚失夫 我说朋友，可不是一到夏季，差奕司，就添上了我们的白天，却截短了我们的黑夜，人不是这么说吗？没有的事那是谎话。我已经做透了一万个梦境，又是东方还没有放晓。这夜不明明是长了吗，准有缘故，要不然，难道反是我错了不成？

其友 有您的，亚失夫！你倒咒起天来了！那儿是季候变了样，反正是你自个儿心里的烦恼，打搅你的，连夜也像变长了似的。

亚 你会圆梦吗？我做了好梦来着。我们俩什么事都得合伙儿做，打渔是公的，做梦也得是公的，我做了好梦不让你分享，我过不去！对呀，你有的是智慧，常言说得好，你要会圆梦，连你的先生，都得让你教。反正没有事，我们有的是时候，靠着草床，在海浪里漂着，又睡不着，除了白话，还让人干什么去？骡儿进了刺栗窝，也拿不了多大主意，那镇上的灯点得旺旺的，也管不了我们水面打渔要饭的。

其友 得了，那你就说吧，讲你的梦，全告着我吧。

亚 昨儿我睡得迟，做了好半天的工，我可没有吃太饱，你不是记得我们预早就吃饭，也没有多么馋嘴。梦来了，我见自己蹲在一块石上，拿着竿子钓鱼，眼望着水，手也顶忙的，一会儿收线，一会儿放线，匀着那钓饵。来了，一群鱼，有条顶肥的咬住了，可不是，狗做梦就见面包，我做梦就见鱼儿。那鱼可钩住了，还流着血，钓竿也让他挣扎得弯弯儿的。我用两手使劲带住；可要把那怪物扭上来，可真费事。你看，多么细的钓钩，那儿拼得过多么大的鱼！我就尽挑着他，要不是他忘了他上了我的钩，这一挑一放他也没有跑，我就慢慢的把线收了。线收完，鱼儿一出水，可把我呆住了；一条金鱼，你看，可不是，一个真黄黄的黄金鱼儿，一身满涂的是金子！我可又害怕，怕是错拿海王爷的宠鱼，也许是那"灰大王"的宝贝。我就轻轻的把钩撤了，要不然那钩不是把他口上的金子都拉下来了。我把他用绳子拴住，带上了岸，回头我就赌咒永远再不捞海，就留在岸上，看守我的好金子。这儿我就醒了，可是朋友唵，你得忖一忖，我赌了那咒，我可老不放心。

其友 得了，你怕什么，你赌的咒可不是和你梦里的金鱼儿一样，全没有凭据；梦全是谎。可是一句话，你要是存心在这海上打渔，醒着不是睡着，反正都是还有点儿希望，可是你得找有鳞有甲有肉的鱼才对，要不然，你就在你的黄金梦里整个儿饿死！

注释：
1 载1923年7月26日《民意报·诗坛》第8期。第一小段，似为徐志摩所拟。梯奥克立德斯（Theokritos，前310?—前250?），今译忒奥克里托斯，古希腊诗人，田园诗的创始者，作品以《泰尔西斯》最为著名。

Atalanta's Race[1]

———————————— [美] 莫里斯·汤普森

方春之莫兮,薰风宛自南,
南风一何醇,中有花香涵,
春林甚凉爽,矫然现仙嬺,
云驰下暗廊,双足露奇芒。

投予以吻兮,速予为腾骧。
唧唧语何温,吹气尽兰香;
嗟予宁不知,孰能操胜筹,
况于其终也,刑死复谁咎?

宁予不欣然,解衣复去裳,
风日良和煦,濯体似脂浆,
筋腱亦天付,应用会及时,
奋勇忽前迈,赫包米尼司。

嗟此情赛兮!夫谁不尝试?

春林郁郁兮,自是风流地,

及其得失兮,畴复能言之?

生死亦无垠,去去复何思!

注释:

1 题意为"阿塔兰特的奔跑"。阿塔兰特,古希腊神话中善跑的美丽女猎人。她答应嫁给能比她跑得快的人,但失败就要被刺死。希波墨涅斯(Hippomenes,即徐诗中的赫包米尼斯)在赛跑时扔三只金苹果在路上,趁她拾取苹果而取胜。译于1922年8月前,初收于《徐志摩全集》第1辑。莫里斯·汤普森(Maurice Thompson,1844—1901),美国诗人、小说家,作品有诗集《好天气的歌》、历史小说《凡赛纳的爱丽丝》等。

我自己的歌[1]

——［美］惠特曼

我看来一片的青草与天上的星斗的运行是一样的神奇,
泥里的蚂蚁也是一样的完美,一颗沙,鹩鹩的卵蛋,树根里的青蛙,都一样的是造化主的杰作,
我看来蔓延着的荆条可以装饰天上的厅堂,我手里绝小的铰链比得上所有的机器,
我看来在草田里低着头吃草的黄牛胜如美术的雕像,
一只小鼠是一个灵迹,可以骇倒无数自大的妄人……
我想我可以与畜生们共同生活,和平、自足的畜生们,
我站着对他们看看,尽久的看着,
他们不是不安命的,也不抱怨着他们的光景,
他们不是在暗室里开着眼睛躺着,忏悔他们的罪恶。
他们也不来研究他们对上帝的责任,叫人作呕的研究。
没有一个是不满足的,没有一个是占有疯狂病的,
谁也不向谁下跪,他们几千年的生活里从不曾有过尊与卑的分别。
他们在地面上没有一个是装体面的,也没有一个不是快

活的过日子的。

这些是他们的状态,他们对我表示的,我也对他们表示我的同情,

他们启发了我自己的消息,现在我亲切的认识了我自己。

注释:

1 载1924年3月10日《小说月报》第15卷第3号,题名下有英文名"Songs of Myself";初收于《徐志摩全集》第6辑。惠特曼(Walt Whitman,1802—1847),美国诗人,作品有《草叶集》《桴鼓集》等。

死尸[1]

————————————————————［法］菩特莱尔

这首《死尸》是菩特莱尔的《恶之花》诗集里最恶亦最奇艳的一朵不朽的花。翻译当然只是糟蹋。他诗的音调与色彩像是夕阳余烬里反射出来的青芒——辽远的，惨淡的，往下沉的。他不是夜鸦；更不是云雀；他的像是一只受伤的子规鲜血呕尽后的余音。他的栖息处却不是青林，更不是幽谷，他像是寄居在希腊古淫后克利内姆推司德拉坼裂的墓窟里，坟边长着一株尖刺的青蒲，从这叶瓣里他望见梅圣里古狮子门上的落照。他又像是赤带上的一种毒草，长条的叶瓣像鳄鱼的尾巴，大朵的花像满开着的绸伞，他的臭味是奇毒的，但也是奇香的，你便让他醉死了也忘不了他那异味。十九世纪下半期文学的欧洲全闻着了他的异臭，被他毒死了的不少，被他毒醉了的更多，现在死去的已经复活，醉昏的已经醒转，他们不但不怨恨他，并且还来钟爱他，深深的惆怅那样异常的香息也叫重浊的时灰压灭了，如今他们便嗅穿了鼻孔也拓不回他那消散了的臭味！……

我自己更是一个乡下人！他的原诗我只能诵而不能懂；

但真音乐原只要你听：水边的虫叫，梁间的燕语，山壑里的水响，松林里的涛籁——都只要你有耳朵听，你真能听时，这"听"便是"懂"。那虫叫，那燕语，那水响，那涛声，都是有意义的；但他们各个的意义却只与你"爱人"嘴唇上的香味一样——都在你自己的想象里；你不信你去捉住一个秋虫，一只长尾巴的燕，掬一把泉水，或是攀下一段松枝，你去问他们说的是什么话——他们只能对你跳腿或是摇头：咒你真是乡下人！活该！

所以诗的真妙处不在他的字义里，却在他的不可捉摸的音节里；他刺戟着也不是你的皮肤（那本来就太粗太厚！）却是你自己一样不可捉摸的魂灵——像恋爱似的，两对唇皮的接触只是一个象征；真相接触的，真相结合的，是你们的魂灵。我虽则是乡下人，我可爱音乐，"真"的音乐——意思是除外救世军的那面怕人的大鼓与你们夫人的"披霞娜"。区区的猖狂还不止此哪：我不仅会听有音的乐，我也会听无音的乐（其实也有音就是你听不见）。我直认我是一个甘脆的Mystic。为什么不？我深信宇宙的底质，人生的底质，一切有形的事物与无形的思想的底质——只是音乐，绝妙的音乐。天上的星，水里泅的乳白鸭，树林里冒的烟，朋友的信，战场上的炮，坟堆里的鬼磷，巷口那只石狮子，我昨夜的梦……无一不是音乐做成的，无一不是音乐。你就把我送进疯人院去，我还是咬定牙龈认账的。是的，都是音乐——庄周说的天籁地籁人籁；全是的。你听不着就该怨你自己的耳轮太笨，或是皮粗，别怨我。你能数一二三四能雇洋车能做白话新诗或是能整理国故的那一点子机灵儿真是细小有限的可怜哪——生命大著；天地大著，你的灵性大著。

回到菩特莱尔的《恶之花》。我这里大胆也仿制了一朵恶的花。冒牌：纸做的，破纸做的；布做的，烂布做的。就像个样儿；没有生命，没有灵魂，所以也没有他那异样的香与毒。你尽闻尽尝不碍事。我看过三两种英译也全不成；——玉泉的水只准在玉泉流着。

我爱，记得那一天好天气
　　你我在路旁见着那东西；
横躺在乱石与蔓草里，
　　一具溃烂的尸体。

它直开着腿，荡妇似的放肆，
　　泄漏着秽气，沾恶腥的黏味，
它那痈溃的胸腹也无有遮盖，

没忌惮的淫秽。

火热的阳光照临着这腐溃,
　化验似的蒸发,煎煮,销毁,
解化着原来组成整体的成分,
　重向自然返归。

青天微裂的俯看着这变态,
　仿佛是眷注一茎向阳的朝卉;
那空气里却满是秽息,难堪,
　多亏你不曾昏醉,

大群的蝇蚋在烂肉间喧哄,
　酝酿着细蛆,黑水似的汹涌,
他们吞噬着生命的遗蜕,
　啊,报仇似的凶猛。

那蛆群潮澜似的起落,
　无餍的飞虫仓皇的争夺:
转像是无形中有生命的吹息,

巨量的微生滋育。

丑恶的尸体，从这繁生的世界，
　　仿佛有风与水似的异乐纵泻。
又像是在风车旋动的和音中，
　　谷衣急雨似的四射。

眼前的万象迟早不免消翳，
　　梦幻似的，只模糊的轮廓存遗，
有时在美术师的腕底，不期的，
　　掩映着辽远的回忆。

在那磐石的后背躲着一只野狗，
　　它那火赤的眼睛向着你我守候，
它也撕下了一块烂肉，愤愤的，
　　等我们过后来享受。

就是我爱，也不免一般的腐朽，
　　这样恶腥的传染，谁能忍受——
你，我愿望的明星！照我的光明！

这般的纯洁,温柔!

是呀,就你也难免,美丽的后,
　　等到那最后的祈祷为你诵咒,
这美妙的丰姿也不免到泥草里,
　　与陈死人共朽。

因此,我爱呀,吩咐那趱趄的虫蠕,
　　他来亲吻你的生命,吞噬你的体肤,
说我的心永远葆着你的妙影,
　　即使你的肉化群蛆!

十三年十一月

注释:
1　译于1924年11月;载1924年12月1日《语丝》第3期;译诗初收于《猛虎集》,序初收于1980年台湾时报文化出版事业有限公司《徐志摩诗文补遗》。菩特莱尔(C. Baudelaire,1827—1867),现通译波特莱尔,法国诗人,象征派诗歌的先驱,主要作品为诗集《恶之花》。

无往不胜的爱神[1]

——[意大利] 丹农雪乌

(群唱)

　　无往不胜的爱神,

　　荡摄人间的爱神;

　　健羽在无形中飞行

　　窥刺闺女的私情,

　　遨游山,遨游海,

　　遨游农田与乡林;

　　播弄着中年、老衰,

　　热烈的少艾青春,

　　播弄俗骨与天神,

　　蛊惑意志与心灵;

　　看这恋爱的纷争,

　　剩下了残骸嶙峋,

　　破裂的伦常制度,

　　仇杀的友朋姻亲,

美人妙目的清光
迷蛊人，支配世界，
指挥宇宙的律令。
无上的爱弗洛达衣德
至美至刚至神圣
踞坐在岭脊山巅，
嘲笑无辜的生灵。

（领袖独唱）

我的良心，我的慈悲，
冲决了法律的范围，
我眼泪水泉似的流泻，
不忍勇敢的安铁刚纳
走向着凄惨的末运，
消沉了她的丽质青春。

（安铁刚纳）

我的同胞呀！看我
动身上我的末路，
看我留恋不舍，
频向这阳光回顾，

亲爱和善的阳光，

你我自此永诀了。

海德士，休寂之神，

阿邱垅尊严的君，

已经颁下了号令，

我避不了我的命运。

可怜我永别爱情，

光明人生的欢欣，

去到阿邱垅的海岸，

黑暗的，长夜冥冥，

更无人为我歌颂新婚，

可怜我遭逢这悲惨命运。

注释：

1　摘录自徐志摩译丹农雪乌剧本《死城》第一幕，为开幕时幕后伴唱之词。原刊1925年7月17日《晨报副刊》。丹农雪乌（Gabriele D'Annunzio，1863—1938），今译邓南遮，意大利诗人、戏剧家、政治家。其作品有诗集《早春》《新歌》，小说《死的胜利》，戏剧《约里奥的女儿》《死城》等。第一次世界大战期间从法国返意大利参军，后成为狂热的法西斯分子。

谢恩[1]

———————————————————— 〔印度〕泰戈尔

在骄傲的道上走着的人们,在他们的足下蹂躏着卑微的生命,地面上的嫩绿印着他们血染的脚踪。

让他们快活去,我们并且感谢你天帝的慈恩,因为他们占领这一天的风光。

但我却感谢我是与卑微的共同着运命,他们忍受着,负载着权力的重量,他们掩护着他们的顽面,在黑暗中吞声的饮泣。

他们一阵阵的抽痛都已跳荡入你的黑夜的隐秘的深沉里,他们忍受的每一次侮辱归纳在你的伟大的沉默里。

清晨是他们的了。

太阳呀,升起来照着流血的心开作清晨的鲜花,也照出骄傲的火炬的夜晏萎成了灰烬。

注释:

1　载1924年11月14日《晨报副刊》,题名下有英文题名"Thanksgiving";初收于《徐志摩诗文补遗》。

Gardener Poem 60[1]

———————————————— [印度] 泰戈尔

在生活的慌忙与扰攘中,美呀,你站着,沉默,静定,孤单,秀挺。

伟大的时间坐在你的脚边眷恋,他小语着:说话,对我说话,我的恋爱;开口呀,我的新娘!

但是你的话像是佛像似的封禁在石壁里,美呀,不可动撼的美!

注释:

1 题意为"《园丁集》之六十";译于1924年;初收于《徐志摩全集》第1辑。

下辑 译文选

鹞鹰与芙蓉雀[1]

———————————————————————［英］赫孙

我有一次问泰戈尔在近代作者里他最喜欢谁；他说他就喜欢赫孙。

志摩

有一天早上，跟着一群衣服整洁的人们走道，无意中跑进了一处大教堂，我在那里很愉快的耽了一个时辰，倾听一位大牧师讲道的口才。他讲天才。这题目并不是约书上来的，并且与他的讲演别的部分也没有多大的关联；这只是一段插话，在我听来是十分有趣的。他开头讲我们生活上多少感受到的拘束，讲我们内在的想望，那是运定没有实现的一天，只叫生命的短促嘲弄。正当讲到这一点的时候——竟许他想着了他自己的身世——他的话转入了天才的题目；他说一个人有了天然的异禀往往发现他的身世比平常人格外的难堪；原因就在他的想望比别人的更高，因之他所发现现实与他的理想间的距离也就相当的加远了。这是极明显的，谁都知道；但他说明这层道理所用的比喻却真的是从诗的想象力里来的。平常人的生活他比作关在笼子里的芙蓉雀的生活。讲到这里,也忽然放平了他那威严的训道的神情,并且从他那深厚,响亮的嗓音——假如我可以杜撰一个字——"小成了"一种脆薄的获管似的尖调,竟像是小雀子的轻啭,连着活泼的语言,出口的快捷,适应的轻灵的姿态与比势,他充分的形容了在金漆笼子里的那位柠檬色的小管家。喔,她叫着,她的生活是多么漂亮,多么匆忙,她管得着的事情又多么多!看她多么灵便的从这横条跳上那横条,从横条跳到笼板上,又从笼板跳回横条上去!看她多么欣欣的不时来啄了一嘴细食,要不然趁高兴一摇头又把嘴里的细食散成了一阵骤雨!看她那好奇的神情,转着她那亮亮的眼珠看看这边,又看看那边,一点新来稀小的声响,她都得凝神的倾听,眼前什么看得见的东西,她都得出神的细看!她不能有一息安定,不叫就唱,不纵就跳,不吃就喝,扭过头去就修饰她的羽毛,至少每分钟得做十多样不同的勾当;这来忙住了,她再也没工夫去回想她的世界是宽是窄——她再也不想想这笼丝圈住了她,隔绝了她与她所从来的伟大的世界,风动的树林,晴蓝的大空,自由轻快的生涯,再不是她的了。

这番话听着很俏皮,实际上也对,当场听的人全都有了笑容。

但说到这里他那快捷的姿态与比势停住了,他缄默了一晌。他那苍老的威严的面上罩上了一层云;他站直了,把身子向左右摇摆了一下,理整了他的黑袍,举起他的臂膀,正像一只大鸟举起他那长羽翩的膀臂,又放了下去,这样来了三两遍;他说话了,他的声音是深沉的,合节度的,好像表示愤怒与绝望:"但是你们有没有见过一只关在笼子里的大鹰?"

这来对比的意致是真妙。他又摇摆了一下,举起重复放下他的臂膀,这时候他学的是那异样的大鹫的垂头;在我们跟前就站着我们平常在万牲园里见惯的"雷神的大禽";他那深陷的凄清的眼睛直穿透着我们看来;掀动着暗色的羽毛,举起他那厚重的翅膀仿佛要插天飞去似的,但转瞬间又放了下去,嘴里发出那种长引的惨烈的叫声,正像是对着一个蛮横的运命发泄他的悲愤。他接着形容给我们听这鹫禽在绝望的囚禁中的生活;他那严肃的巉岩的面目,沉潜的腔音,意致庄重的多音字,没一样不足恰巧适合他的题材,他的叙述给了我们一个沉郁庄严永远忘不了的一幅画图——至少(像我这样)一个禽鸟学者是不会忘的。

不消说他这一段话着实使在场大部分人感动,他们这时候转眼内观他们本性的深处仿佛见着一星星,也许还不止一星星,他方才讲起的那神灵的异禀,但不幸没有得到世人的认识;因此他一时间竟像是对着一大群囚禁着的大鹰说话,他们在想象中都在挥动着他们的羽毛,豁插着他们的翅膀,长曳着悲愤的叫声,抗议他们遭受的厄运。

我自己高兴这比喻为的却是别一个理由;就为我是一个研究禽鸟生活的,他那两种截然不同对比的引喻,同是失却自由,意致却完全异样,我听来是十分的确切,他那有声色有力量的叙述更是不易。因为这是不容疑问的事实,别的动物受人们任意虐待所受的苦恼比罪犯们在牢狱中所受的苦恼更大;芙蓉雀与鹞鹰虽则同是大空中的生灵,同是天赋有无穷的活力,但它们各自失却了自然生活所感受的结果却是大大的不同。就它原来自然的生活看,小鸟在笼子里的生活比大鸟在笼子里的生活比较的不感受拘束。它那小,便于栖止的结构,它那纵跳无定的习惯,都使它适宜于继续的活动,因此它在笼丝内投掷活泼的生涯,除了不能高飞远飏外,还是与它在笼外的状态相差不远。还有它那灵动,好奇,易受感动的天性实际上在笼圈内讨生活倒是有利益的;它周遭的动静,不论是小声响,或是看得见的事物,都是,好比说,使它分心的机会。还有它那丰富的音乐的语言也是它牢笼生活的一个利益;在发音器官发展的禽鸟们,时常练习着歌唱的天资，于它们的体格上当然有关系，可以使它们忘却囚禁的拘束，保持它们的健康与欢欣。

但是鹰的情形却就不同，就为它那特殊的结构与巨大的身量，它一进牢笼时真成了囚犯，从此辜负它们天赋的奇才与强性的冲动，不能不在抑郁中消沉。你尽可以用大块的肉食去塞满它的肠胃要它叫一声"够了"；但它其余的器官与能耐又如何能得到满足？它那每一根骨骼，每一条筋肉，每一根纤维，每一支羽毛，每一节体肤，都是贯彻着一种精力，那在你禁它在笼子里时永远不能得到满足，正像是一个永久的饿慌。你缚住它的脚，或是放它在一个五十尺宽的大笼里——它的苦恼是一样的。就只那无际的蓝空与稀淡的冷气，才可以供给它那无限量的精力与能耐自由发展的机会，它的快乐是在追赶磅礴的风云。这不仅满足它那健羽的天才，它那特异的视力也同样要求一个辽阔的天空，才可以施展它那隔远距离明察事物的神异。同时它们当然也与人们一样自能相当的适应改变了的环境，否则它们决不能在囚禁中度活，吞得到的只是粗糙的冷肉，入口无味，肠胃也不受用。一个人可以过活，并且竟许还是不无相当乐趣的，即使他的肢体与听觉失了效用；在我看这就可以比称笼内的鸷禽，它的拘禁使它再不能高飏，再不能远眺，再不能恣纵劫掠的本能。

十四年十一月

注释：

1 载 1925 年 11 月 5 日《晨报副刊》，署名志摩译，初收于《巴黎的鳞爪》，上海新月书店，1927 年。赫孙（W. H. Hudson，1841—1922），今译赫得逊，出生于阿根廷的布宜诺斯艾利斯，父母为英国裔的美国人，1874 年起定居于伦敦。一生写作了大量小说和关于鸟类学的故事与文章，作品有小说《绿色宅邸》《一个牧童的生活》和鸟类学著作《拉普拉搭的鸟类》等。

萧伯纳的格言[1]

———————————————— ［英］萧伯纳

生命真纯的快乐,在于为一目的而生存,在于为你自认为强有力的目的而生存;在于将生命的能力,充分使用,用到筋疲力绝,然后再让这皮囊扔进垃圾桶;在于确然成为自然界的一个势力,不是一个热病似的,自私自利的小蠢物,一堆的病痛,满口的冤屈,尽抱怨着世界,为的是世界不能尽心竭力来使他享福。

生命真纯的悲惨,在于被只知自利的人利用,所为又是你明知道卑鄙的目的。除此以外,最坏无非是单纯的坏运和身死;那才是唯一的苦恼,奴辱,阳间地狱。

人的行为,都有理由可说,除了一样;他的罪恶,都有理由可说,除了一样;他的安全,都有理由可说,除了一样;那就是他的懦怯。

在天堂里,你一面生活,一面做工;不比在地面上,你一面躲懒,一面说大话。你认定是非,对付事实,绝无顾忌;什么事你都不躲避,除了妖法;你的稳健,你的危险,就是你的光彩。

民主政治不能高出于选民所从来的人类原料。

不要爱你的邻居像自己一样。如其你和自己是过得去的，那就变了胃味，如其过不去的，那就伤了感情。

自由的意义是责任。所以大多数的人都怕自由。

德行不是自制不为恶，而在不愿为恶。

赌博之于穷人，犹之财产之于富人；都是无中生有。为此所以牧师们始终不敢公然反对。

留住他人应得的夸奖，怕的是受奖人因而自满，其不诚实犹之扣住一笔应付的债，怕的是你债主因而滥花钱。

你若然常在梦境里讨生活，你可以得到些梦里的妙趣；若然常在事实里讨生活，你就会沾染到事实的蛮味。我希望能够发现一个地方，那边事实不尽是蛮，梦境不尽是幻。

不到三十岁的人，只要稍为知道些现在社会的状况，而不是一个革命者，他定是劣等。

不要拿你愿意他人待你的待人。他们的口味也许不同。

能行的只是做；不能行的只是教。

总要想法使你的恭维像水晶一样透明；因为真恭维的地方就在你以为那个人是值得恭维的。

死不碍事，怕死碍事。杀与死都不足以辱；卑污的生活，和接受耻辱的工资与利益，方是辱。宁可十个平等人死，不愿一个奴隶式的生活。

再不要抵抗引诱：什么事都得证实，只要抓紧什么是真好的。

所有真纯宗教的人都是异端，因此所以也是革命家。

对你同类最大的罪孽，不是恨，而是漠不相关；那是

"不人道"的原素。

单是宣传说所有的人是天生自由的，而同时否认他们是天生善的，没有用。只要保证人的善，他的自由就没有错儿。

注释：
1 载1925年4月1日、6日《晨报副刊》；初收于《徐志摩诗文补遗》。

说"是一个男子"[1]

[英]劳伦斯

男子是一个"思想冒险者"。这话与说人有智力不同。智力里有技巧,有种种的诡变,说到智力,一切的名词都是已知的,现成的,比如下棋时的棋子与着棋的规矩是现成的。真的思想是一个经验。他起头的时候是血管里的一个变动,在身体本身里一个渐缓的搐与旋扰。他完了的时候是一个新来的会悟,在心灵的知觉性里的不新的实在。

为有这种情形,思想是一个冒险,不是一个实习。要想,人就得冒他自己的险。他还得双层的冒险,第一,他得往前去对付那躯壳里的生命;其次,他得抵挡他心灵里的结果。

要一个稀小的达维德出去抵抗那生命的巨人,已经是够难办的了,例如上次的大战。还要在搏斗过生命以后,生下来对付那结果,那就更难办更难堪了。又比如上回的打仗,很多的人赶出去打仗,谁敢回头来对付他自己的自己?

这险是双层的,因为人是双层的。我们谁都有两个自己。第一是这个身体,那是容易受攻击,遭损伤的,永远不能完全受我们支配的。这个身体连着他一切非理性的情感与欲望与暴情,他的古怪的直接的,灵性,反抗着心智的,还有是这有知觉的我,依果,我知道我是那我。

住着我身体的我,我永远不能完全的认识,他有他那怪僻的引力与诱力,他叫我受无数非理性的苦恼,真的刑罚,间或也给我骇人的快活。那在我身体里的我,在我看来是一个生疏的畜生,并且往往是一个顶累赘顶麻烦的畜生。我的身体像是一座热带上的森林,里面躲着一个看不见的我,像黑夜里的一只野豹,他那一双绿沉沉的眼珠在我的梦境里一闪一闪的亮着,也许有时碰着了黑影,醒着的白天也会晃出来的。

其次就有这另外的我,那是五官端正的,有理性的,有感觉的,复性的,满是好意存心的。这知道的我,那是看得见觉得着的。我对我自己说:"是的,我知道我是不很耐烦,又是在思想上不很容忍的。但是在日常的生活间我是顶自在的,而且实在是顶和气的。我的和气有时使我有一点子假。可是我却不相信呆性的诚实。除了我们平常所谓诚实——那是心智的诚实——以外,还有感情的诚实,或是感性的诚实。假如有人对我说了谎,并且我知道他是说谎,那时是否一定要当面揭破他就随我的便。如其我一揭破只是伤了他的真感情,也伤了我自己的感情,那我要是当面骂他撒谎岂不就有一点感情的不诚实?我还是宁可承当一点子心智的不诚实,只装假糊涂吞下了那谎就算。"

这是知道的我,他自个儿说着话哪。随他做什么想什么感着什么,他总有法子替自个儿说圆和的。他总是相信他自己是好意存心的。他就想在他自个儿周围那许多人与许多"人格"的中间撑出一条稳当的不危险的水道走着。

在这知道的我看来,各样的事物存在着都只是一个知识的名词。一个人就是我知道他是什么的什么。英国就是我知道的英国。我就是我知道的我。所以巴克莱[2]教督是完全对的:事物只在我们自身的意识里有他们的存在,在这知道的我望出来,除了我知道的以外再没有东西存在的了。不错,我的知识见天的增加。但这是因为,据我看来,知识孕生知识的缘故。并不是外界有什么东西跑进了我的里面去。并没有什么外界不外界。有的只是我内心知识的增加。

假如我坐在车厢里时有人跑了进来,我已经大部分认识了他。他是,第一,一个男人,我知道一个男人是什么。其次,他是上年纪的。我也知道年纪是什么。还有他是英国人,是中等社会的,是什么,是什么。我全知道。

只剩下一点子我还不知道的。他是一个生人。他是一个各别的人格，那时我还没有知道他，我匆匆的对他溜了一眼。这是一个很细小的冒险，还不过是在知识里的冒险，我对他看着。他是某种成分的一个各样的配置，这着我就知道了关于他身上我所要知道的。这就算了，这冒险完事。

这是知道的冒险。谁到过西班牙就"知道"了西班牙。谁学昆虫学的就"知道"昆虫。谁会过列宁就"知道"列宁。很多人"知道"我。

这就是我们习惯的情形。我们从我们已经知道的推到我们其次知道的。如其我们不知道波斯的夏（波斯国之称Shah[3]）我们自以为我们只要到台赫城[4]（波斯京城）去拜会他就是。如其我们不很明白月球的事情，我们只要找一本最新出的天文书来一看就合式。

真的我们知道我们全知道了。知道了！知道了！剩下的就只求懂得那一套有趣的小玩意儿了，两个两个放在一起。

这是认得懂得的冒险。但这不是思想冒险。

思想冒险的开头是在血液里，不在心智里，假如一个阿拉伯人是一个黑人乃至一个犹太人碰巧在大车里在我的旁边坐下来时，我的知道了可没有原先那样流利。这不能单就溜他一眼心里说他是一个黑人，那不能算完事，他坐在我的紧旁，我的血液里就有一点隐约的不自在的动。一种奇怪的颤动从他身上发出来,那就微微的扰动了我自己的气息,我的鼻管里也闻得一点出微的味儿。这还不算。就使我把眼睛闭了起来,我还是觉得有一个奇怪的情形"在着"与我发生了接触。

这时候我就不能从我是什么与我知道我是什么,直推到我知道他是什么。我自己不是一个黑鬼,所以我不能十分知道一个黑鬼,我永远不能充分的"懂得"他。

那便怎么样呢?这是一个"不通行"。

我还有三条出路。我可以拧住黑鬼那个字,拿他来贴上一个题签完事!我也可以试用我自有知识的一套名词逼他一个究竟。这是想用我懂得平常人的方法来求懂得他。

或是我还有第三条路走。我可以承认我的血液起了变态,他那里过来了一点儿什么东西干涉了我呼吸的常态。这时候我或是想法子抵抗,把自个封闭起来。或是我就听凭这变态继续,因为,归根说起来,我与他中间总有一段异样的外国人的同情。

要是一个黑鬼在一群白人的中间,他当然把他自己封闭起来,不让他的黑味儿透着他的白邻居。假如我要是坐在一个全是黑鬼的火车,我当然也只有照样办理。

但除此以外,我还得承认我与他的中间的确发生了某种异样的不可捉摸的反动。这反动引起了我的血液与神经里一种非强烈的却很分明的变动。这在血里的些微的变动就在我的梦里与潜在意识里酝酿,直到碰着有机会的时候挣了出来,那就是心灵里一点新实现,意识里的一个新名词。

注释:

1 载 1925 年 6 月 5 日《晨报副刊·文学旬刊》,题名下有英文名"On Being a Man";初收于《徐志摩诗文补遗》。劳伦斯(D. H. Lawrence, 1885—1930),英国作家,主要作品有《儿子与情人》《虹》和《查太莱夫人的情人》等。

2 巴克莱(George Berkeley, 1684—1753):今译贝克莱,英国唯心主义哲学家。"存在即被感知"是他的著名主张。

3 Shah:今译"沙",波斯国王的称号。

4 台赫城:Tehran,今译德黑兰。

金丝雀[1]

[英] 曼殊斐儿

……你看那门上右边有个大钉不是?我现在看了就难受,可我又舍不得把他去了。我倒愿意他老在那儿"耽"着,我死了也让耽着。有时我听得街坊说,"他家从前准是有个鸟笼子挂在那儿"。我听了很舒服:像是人家还记着他似的。

……你真不知道他唱得多美呀。

他唱得不像平常见的金丝雀儿。也不是我的偏爱说他好。常常我从窗户里望见过路的停步在门前听他唱,要不过是他们就靠在那株假橘树的篱边老不走——出了神了。这话你听得也许可笑——你要是听过他唱就不会——可是我真信他唱的是整套的歌儿,有开场有收梢的。

譬如,每天下午我收拾好了屋子,换了衣服,拿了针线到前廊的时候,他就在笼里跳,跳,跳,这儿跳到那儿,轻轻的拍着笼丝像在招呼人似的,小嘴啄一点儿水活像个名工的戏子,他就开口儿唱,唱得真美真可爱,我听痴了爽性放下了手里的针线,对着他尽听,我简直形容不了;我真愿意我说得上。可是他唱的，每天下午，总是那一套，我听熟了，我觉得什么调子他唱的我全懂。

……我爱他。我真是疼他！也许原来不碍事我们在这世界上爱的是什么。反正我们总得有东西爱就是。不错，我有我的小屋子，花园，但也可知怎么的我总不觉得满意。花儿有时也解闷，可是他们不懂事。我就爱那黄昏星儿。你听的"寒村"不是？每天太阳一下山，我老是到后园去，在那儿等着，等她在那株黑荫荫的橡皮树顶上亮了出来，我就轻轻的说"啊，我来了，我的宝贝"。就在那最初的一会儿，她像懂得这会事似的，……我心里的一阵子，说是想望又不是想望。也许是懊怅——还是懊怅对点儿。可又是懊怅的是什么？我真应得感谢哩。

……可是他一来呀，我就忘了那黄昏星；我用不着他了。可也真怪。原先那中国人卖雀儿的，到门前来把他放在他顶小的笼里举着让人看，他呀，不像那可怜的小金翅雀儿乱窜乱撞的，他到轻轻的来一声小叫，我就爱上了他，也就轻轻的对他说，像原前我对那橡皮树顶上的星说的，"你可来了，我的宝贝"。从那时候起他就是我的了。

……我到现在还觉得顶怪的，当初我们俩怎么的共同过居，顶和事的。每天早上我下来撤他的笼衣的时候，他就来一个半睡不醒的小调子，算是理会我。我懂得他意思是"密苏司[2]！密苏司！"回头我让我那三个年轻人去吃早饭，我就把他带出去挂在外面的钉上，一直等当天的事情完了，屋子清静了，我才带他进来。我拿一张报纸，铺在桌子的基角儿上，把他的笼子放在上面，慌的他小翼子乱扑，像是不知道什么事快临头似的。"你真是个一名角儿"，我老是呵着他。我擦净了笼托子，另用干净的细砂子铺好，把他的粮食和水罐子装得满满的，拿一块给他擦嘴的小软木塞在他笼丝中间。我在收拾这一件件的零星事儿，他全懂得，没有错儿。他呀，生性就干净。他自今儿蹲的那横条上，什么斑点儿都没有。可不是你要看着他那爱洗澡的劲儿，你就知道他那小心眼儿，真是喜欢清洁。我收拾完了笼子，才让他洗澡。澡盆子一端上去，他就咄的跳在里面。他先把一面的翅膀，蘸着水摇，回头摇那一面；洗过了翅膀，再把他那小头儿像水鸭儿似的闷在水里，一直连他胸口软毛儿都浸着了。他那一洗澡不碍事，可是水点儿就满厨房满飞。他还不愿意出水哪。我老对他说："得了，这不是早够了？你就爱出这点小风头儿。"好容易他算完事了，跳了出来，跷着一条小腿，他就忙着把小嘴自己个啄干。末了他全身发噤似的一摇，翅膀呼呼的一拍，嗓子里唧哩的一转，他就提起了调子开场了——真是，我现在想着都难受！我在那时候总在擦饭刀子，他那一唱呀，连我面前木板上擦亮的刀子全像唱起来了似的。

好同伴你知道——那就是他。顶好的同伴。你要是单个儿过日子，你就知道像他那样的同伴真是个少不了。不错我还有那三个年轻的男人晚上来吃晚饭，有时候吃完了饭不就走，就在我饭厅里待着，念报。可是我每天零零碎碎的事儿，他们可管不了，我一开口自个儿就觉得麻烦。他们那儿管得了？他们满没有理会我。真的，有一天晚上我听他们在楼梯上说我哪，说是"吓呵麻雀儿的人儿"，不碍事。真不碍事。我满不在乎。我才懂得。他们全是年轻的。我也那儿管得了。可是我那天晚上倒真是觉得感激，为的至少还有他在伴着我。他们走了以后我就告诉他。我说："你知道他们叫密苏司什么呀？"他就把他那小头儿斜着，他那亮亮的小眼儿尽瞅着我，瞅得我忍不住笑了。他像是乐了。

……你养过小雀儿没有？要是你没有，我的话，也许，你听得像说过分了似的。平常人说雀儿不比猫狗全是没有心肠，冷淡无情的小东西。我那洗衣服的老妈子每礼拜一上我这儿来，老不懂为什么我爱养他，不去养一个好好的猎狗，说"密司，一个金丝雀儿也不能给你多么解闷"。没有的事，他才好哪！我记得一天晚上，我做了一个顶怖的梦——梦有时候又凶又怖的——我醒了以后还吓得神志昏昏的。没有法子，我就穿上了睡袍，跑下楼到厨房去吃一杯凉水。那是冬天夜里，外面雨下得顶大的。我想我准还是半醒半梦的，我在厨房里望到窗外——那窗户没有帘子——外面的黑夜像是瞪着眼在望我，像在侦探这屋子似的。一阵子我觉得难受极了，满屋子也有个魂灵儿，我可以对着说，"方才我做了个真怖的怖梦"，或是"堵着我吧，我怕那窗外的黑夜"。我把我的脸子都遮起来了。正在那一阵子，忽然来了一声小小的，"诗味得"，"诗味得"，他的笼在桌子上，笼布吊了下来，所以灯光把他照醒了。"诗味得"，"诗味得"，那小宝贝又来了，顶软和的像在那儿说，"我在这儿哪，密苏司，我在这儿哪！"那真是美极了的安慰，我差点儿哭了。……现在可没有他了。我再也不养什么雀儿，什么玩意儿都不留了。我那儿能？那天我见他躺着，小眼睛昏昏的，小爪儿扭着，我就知道，我再也不会听我小宝贝的歌儿！我自个身上像是什么死了似的。我的心空空的，像他的笼子似的。我忘得了。自然，忘不了也得忘。什么事都忘得了，日子一天一天的过去，什么事也忘得了。可不是，人家还说我生性是爱乐的。他们说的很对。我才要谢谢上帝哪！

……可是，话又说回来，也不是病象也不是为的——从前的事或是什么，也不知怎么的我命里总像有点儿悲哀似的。我也说不上那是怎么回事。不是我们平常说的忧愁——病呀，穷呀，死呀，等等，不，满不是那回事。这点儿又明明的在这儿，深深的在里面，深深的在里面，"生报儿似的，像自个儿的呼吸似的"。随我平常使劲的做工，做得顶累的，可是我只要一停车，我就知道那一点儿还在那儿，在等着哪。我常在想是不是人人都有像我的感觉，永远也明白不了。可也真怪就他那甜甜的欣欣的小歌儿，就是这点儿——忧愁——啊，是什么呀？——我听的是什么呀？

注释：
1 载1923年6月21日《晨报副刊·文学旬刊》；初收于《徐志摩诗文补遗》。
2 密苏司：英文 missis 的音译，意为女主人，太太。

超善与恶（节译）[1]

——［德］尼采

"我做过那件事"我的记忆说。"我不会得做过那件事"我的自傲说，再也不得分明。结果呢——还是记忆让步。

一个人要是有品格，他就也有他特有的经验，那是常常回头的。

我们最不尊敬我们的上帝：我们不准他犯恶。

只爱一个人是野蛮，因为旁人的机会都给他一个人占尽了。对上帝的爱也是的！

造成大人物的不是伟大情感的力量，而是伟大情感的经久。

有的孔雀永远不开屏让人看——自以为这是他的骄傲。

在平和的时候武性的人攻击他自己。

在海水里渴死是可怕的。是不是你一定得把你的真理上盐——结果使它再不能止渴？

本性——房子着了大火，桌上摆的饭都会忘记的——不错，但是你又在灰堆里把它找出来了。

女人忘了媚人，就学了恨人。

男人有的情绪女人也同样有的,只是它那拍子快慢不同;因此男人与女人永远不停止彼此误解。

在女人们所有自身的虚荣心的后背,她们还是留着她们客观的"瞧女人不起"。

引起我们觉得很聪明人靠不住的时候是他们发窘的时候。

可怕的经验引起一个问题,就是是否这经验着的人也是一样可怕的东西。

注释:
1 译于 1925 年 10 月;载 1925 年 10 月 7 日《晨报副刊》。

维龙哪的那个女人[1]

[法]法郎士

下面的故事是神父阿唐尼图尼在维龙哪圣克洛骞教堂的藏书处检出来的。

维龙哪地方绮兰达夫人的异样的丰姿与体态是全城子的一件奇事;有学问的,熟悉历史与传话的一群先生们甚至用腊通娜、丽达、西蜜莲一类名字去称呼她的母亲太太,意思是她的小姐决不会是凡胎,一定是神种,说虬笔滔大神倒近情,她的丈夫与她的许多情人,全不够根。但是更要聪明些的头脑,例如我的前任,圣克洛骞教堂里佛腊勃蒂斯大,却不是这样想,他们说这样妖艳的肉身是魔鬼的工作,因为他是个艺术家,当初罗马那混世魔王尼罗临死时说:"艺术从此完了,艺术从此完了!"他就懂得这意思。我们真可以相信,撒但,上帝的对头,他有的是炼制金属的手段,一定也擅长打样人体的模型。

现在在写这故事的我,也是见过世面来的,我亲眼见过不少礼拜寺的钟与人的形体都是人类的对头手造的——功夫真不坏。我也知道许多女人怀着的胎也是魔鬼一手经理的,但讲到这里我不能不谨慎说话因为我负有职业秘密的义务，我是个管理男女们的隐情的，我是个神父。因此我也不说远了，我只说关于绮兰达夫人的来源风闻有不少的说法。我第一次会见这位夫人是在一三二〇年的复活日，在维龙哪的大廊下，那年她刚正满十四岁。

以后我时常见她在女太太们最爱去的大路上，寺院里。她正像是一个高明画师画成的一幅画。

她有的是起浪纹的金头发，雪白的前额，她那一双眼珠的颜色是从来看不见的，除了一种特别宝石叫紫晶的反射出来的光彩，她的脸是蔷薇花，一条鼻子是白玉琢成的。她的口是小爱神的那把弓，对谁笑谁就受伤；还有那下颌也是一团的妩媚。她的全身是为有情人的快乐造成的，不留一丝缺憾。她的乳宫并不过分的饱满，但这纱縠的底下却显出最丰腴最风趣的一对有涨性的圆球。至于她那妙体的别的部分，一则因为我的职务是神圣的，二则因为除了穿着走道的衣服我从不曾更亲切的见过她，我只能略过不说了，虽则没有一个人不称羡她的结构的微妙，她的衣衫本来关不住内围的春色。我只能告诉你每回她在圣才崇尼的教堂里做礼拜的时候，不管她是站起来，跪下去，或是匍伏在地上前额亲着石板（在耶稣基督圣体升天的俄顷是应得这样皈依的），她那一举一动谁要是见着了没有一个心头不熏动了烈焰想把她紧紧的往怀里直搂。

后来绮兰达夫人出嫁了,那年十五岁,她的丈夫是叫安唐尼滔罗达,一位律师。他是顶有学问的,声望也好,也有钱,只是年纪不小了,又笨重,又丑陋,每回你看着他手提一个装满文书的大皮袋走道时,你实在是说不清究竟是那一个皮袋拖着那一个皮袋。

想起也是可怜,就为是行了结婚圣礼的结果,这婚礼本意是为给人们光彩与超度的,维龙哪这位最美的女子就得伴一个老朽同床,身体也衰了,精神也没了的一个老朽。因此懂事的旁人倒不觉得奇怪,他们只看得难受,每晚她的丈夫通宵不眠的忙着解决他那些公道与非公道的问题的时候,滔罗达先生的太太一面正在她的床上欢迎城子里最漂亮最正式的荡子。但她在这里得到的快乐完全是从她自己得到的,一点也不与他们相干。她爱的就只她自身,不是她的情人。她所有的享乐都是从她自己肉体的艳丽来的,不是别的什么。她自身是她的欲念与快乐,她的矜宠的肉恋。就为此,依我看来,在她这纵欲的罪业益发大大的过分了。虽则犯了这欲业,我们就不免与上帝永远隔绝——可见那不是儿戏——但同时岂不是犯肉欲的罪人在无上审判官的跟前,今生与来世,倒反比贪婪的叛徒们,凶手们,以及一切亵渎圣洁的事情当作买卖做的,有希望得多?这种情形的理由是为纵欲家顽皮的欲念还是向着别人不是向着他们自己,这来岂不又明明的看出这里面还有些慈善心与真恋爱用滥了的遗迹?

但在绮兰达夫人放浪的肉恋里,类似的遗迹一点也看不出来了,她每回动了火的时候爱的是她自己,就只她自身。就为这个缘故她与上帝的距离就要比别的一味纵欲的妇人们更加远得多。因为在她们那些欲念是对着别人发出去的,在绮兰达夫人它们的目标就只她自己。我这里说的也许还不十分明白,但你们听了我下面急于要讲的结局就可以懂清楚了。

二十岁她病倒了,她觉着自己快死了。她为她艳丽的肉体悲伤,哭出了不少悲切的眼泪。她吩咐伺候她的把她顶富丽的装扮了起来,依恋不舍的对着镜子里望,抚弄着她自己的一双手,她的胸部与她的臀腰,算是最后一次享受她自身异样的妖艳。转念间她想起了这最受钟爱的身体不久就得到潮湿的泥土里喂虫馋的可怕,她趁着她最后的呼吸没有出窍的时候,她叹息了一声,也不是没有信仰与希望的叹息,开口说道:——

"撒但,我最挚爱的撒但,你来带了我的灵魂和我的身体去;撒但,温存的撒但!听着我的祈祷:你带,你带我的身体与我的灵魂一起去。"

按着当时的习惯,她的尸体就抬到圣才崇尼的教堂里去,脸上不盖没的;这样可爱的死女人谁都没有见过,从来没有过的。一面教士们正在围着她的尸椁替死者祝福时,她躺着那情态正像是她在一个无形的情人的怀抱里惝恍的快活昏了。丧礼完毕以后,绮兰达夫人的棺木,缜密的钉住封好,埋在圣地的底下,这教堂的周围都是坟,有的是古罗马的碑碣。

但是下一天早上他们隔晚堆上的泥土没了,棺材开着,空的,不见了那艳丽的尸身。

注释:
1 载 1925 年 10 月 12 日《晨报副刊》,署名鹤译;初收于《徐志摩诗文补遗》。法郎士(Anatole France,1844—1924),法国作家、文学评论家、社会活动家。

论革命[1]
——游俄印象之一

[美] 杜威

美国哲学家杜威先生去夏到俄国去游历，归后写六篇文章，刊登纽约《新共和周报》。这六篇文章译者认为是完全不杂成见的观察，只有学养俱深如杜威先生才能见到，才敢写出；尤其他的关于革命的感想正供给我们一个新观点，凭此我们可以反镜我们自身的成就如何，给有心人们一些思索的推力。杜威先生的文章却不是流利的一派，朴实，迂回，而且有时不免繁复，但这也正见他思想的不苟且，为要保持印象的真宁愿不顾文体的美。这也许也是一杯"苦茶"，它的惊醒的力量是无可置疑的，而且竟许还有回甘。译是极粗率的直译，念去涩口当然，但译者自信他没有敢在译文里修剪原来重叠的羽毛。还有五篇，论教育的居多，不日可以译得，打算集起来由新月书店印成一个小册子。

彼得堡（Petrograd）成为列宁堡（Leningrad）的改变是无疑问的一个象征，但我们却不易认定那象征是什么。有时候它好像是标点一个圆满,一种投胎再世的完成。在别的时候它又像是嘲讽的一类。我们可以设想一个反对现在局面的人在这破烂的肮脏的城子受列宁的名字的洗礼的事实里得到一种恶意的满足;在他看来它那颓废的,几于在腐溃中的情况对于鲍雪微几[2]创始一个新而更好的世界的夸口正是恰好的案语。但我们也知道在(大)彼得的强有力的意志所产生的城子里刻镂着的不止是他的名字。在这城子里所有的事物都使人想到他的有创造力的躁急。竟许,进一步说,正如我们常听得提到,大彼得才是鲍雪微几的第一人,列宁无非是他的继承者,他的肖子。

无论如何,就说城子是不整洁,它那雕垩斑驳的灰墙像是一身褴褛的艳服,我们得到的印象是动,是生机,是精力。在那里的人做事种种的情形就像是某种重实的压迫的负担新从他们的肩头移去,就像是他们适才觉悟到初经解放的精力的意识。有人告诉我阿那托尔法朗士游俄国的时候他决意不收集任何统计,不需要任何材料,不调查任何"情况"。他就在市街上跑路,从民众的面相与姿态取得他的观念。原先不曾到过,我没有比较的标准来衡量我眼前见到的种种。话虽如此,别的国里的一般民众我却见过,我不能相信由他们传达来的一种新生命的感觉是一个幻想。我是愿意相信我在书报上看到的，说在俄国有多数的男子女子在禁锢中在受压迫的苦恼中过活，正如我相信有不少人是在放逐中。但我眼前见到的另一大群人，走街的，跑公园的，上俱乐部的，看戏的，玩博物馆的，又何尝不是一个实在，他们那亢爽的壮直的态度是无可置疑的。由此我不由得不感觉到也许那一种的实在是属于过去的，一个革命的一种插话，第二种的实在是现在与将来的，生命经过大革命以后所解放的勇敢，精神，与自信力的真髓。

在最初到列宁堡的几天内我的头脑是在新来印象的旋涡中。爬梳是不易的，我茫然的过我的日子。但渐渐的出来了一个明确的印象，自此就留存在我的心里，并且曾经随后的经验的证实。我所曾听到关于共产主义、关于第三国际的其实是太多了，关于（俄国）革命太少，关于鲍雪微几太多，就使说最后的革命是完成于他们的领导。我现在明白研究历史的人该得知道革命所解放的势力不是初起发动事变那些人们的努力的机能（任何数学的意义），更不是他们的见解与希望的。因为在求了解俄国的情形上当初不曾应用这明显的史学的真理感到不快，我竟要把我的误会归咎到别人身上——我怨那些附和的与赞美的，也怨那些批评的与作对的，他们关于鲍雪微几主义与共产主义无穷尽的讲与写正使得我误解，使我反而茫然于一个革命的更基本的事实——这一个革命与其说是仅仅政治的与经济的还不如说是精神的与道德的（Esychic and moral）（只这是说可以从这方面意会，不是说定它是那样的）；一个在民众对于生活的需要与可能性的态度的革命。在这反动中我也许倾向于轻视学理与期望的重要，它们的作用是在发动那解放在压迫中的精力的机关。现在想估定在俄国当前的生活上鲍雪微几理想与共产主义法式的确切的重要我还是不敢轻下断语；但我以为不仅共产主义的现状，就说它的将来论重要也不能比到这心与精神的完成的革命的事实，这一民族的解放到意识他们自身是造成他们最后的命运的一个决定的权力。

这样一个结论也许似乎偏谬。这话在以马克思正统学说为俄国革命的全部意义的人们当然不能听，在一般心目中只有流行的苏俄观念的人们也一样不能容许。但是一方面我虽则绝不想轻看鲍雪微几马克思主义的命运在俄国乃至在全世界的意味，我还是坚持我的见地，以为这一边的事不能与别的一点子可以称作革命的有同等的重要。共产党人他们自己的话是：现有的状况不是共产主义，而只是到共产主义的一个过渡；按历史的辩证法鲍雪几微的功能是在消灭它自身，普罗列塔里亚[3]的专政只是阶级斗争的一个现象，在别国里存在着的波淇洼[4]专政的正文的一个反文；这现象在未来的整文中一定是要消失的。现状是过渡的状况；那事实是极明显我们不难承认。至于说这一定是过渡到马克思历史哲学所规定的确切的终局，那就是一个信条，当着新起的精力的实在，分明是沾着敝旧的绝对性的玄学的气味以及过去的直线式一条边进化论的陈说的了。

但另有一个比这更亲切的印象。说某种形态的共产主义许从现在的"过渡"产生当然是可能的，虽则它现时存在的凭证是极微细。但我们不能不感到这一点，即使它终究是出现了，那也不能是原因于马克思哲学的繁重的而且在现时已然成为刻板的方式，它来是因为那一类的情形是适合于因革命而觉悟到自我意识的一个民族。而且它出现的形态是他们自身的愿望所制定的。如果它失败，它失败是因为革命所解放的精力是自然的不能迁就根据于不相关的条件所构成的方式——除了根据一个历史的变迁的单独的必然的"法律"的假设。

任凭如何说法，如其我们根据从列宁堡外表得来的印象来下案语，共产主义的实现是远在遥远的将来。我说这话不仅因为就是他们的领袖也把现状认作仅仅一个初步，就算初步都不能说完全，另一个理由是现行的经济是这分明的在所有的外貌上一个币制经济。我们曾经设想，假如一个人完全不知已往的事迹也没有关于它的经济状况事前的期望，他到了列宁堡所得到的是如何的感想。那当然不易完全解除心上原有的见解来对答这假定。但我有一个颇强的感觉，以为一方面固然我可以看到一个与此外的世界真实的心理的与道德的区别，它那经济状态比到任何一个欧洲国家还不曾从内外战争，围困与灾荒的穷乏回复原状的，却不一定有什么特别的异样。

最先得到的印象是穷，虽则不是悲惨的穷乏；倒是觉得这匀匀的穷未始是完全没有意味，仿佛唯一的共产主义是共同一个同样的境遇。但不久眼内就有分别看出来。在世界上任何大城市里见到的人我们很容易分清，单凭衣着与举止，至少四个阶级，也许我们该说类别。这里极端的不是那样触目，尤其是在奢侈与炫耀那一边。各级间的相似比到我们在伦敦或纽约所见到的来得更近。但分别一样是有的。虽则颇长的排列看得见在有些店铺的门前候着，尤其是卖吃食的所在，但如何穷苦的相道却看不出；民众都是吃的好好的；戏院、酒馆、公园，以及别的娱乐的场所都是满挤的——而且那些去处的代价是并不便宜。店铺的窗柜里摆着的是我们在别的地方见到的同样的货物，虽则那些货品往往使人联想起廉价的市场，小孩的玩具与低价的珠宝在窗柜里招引更多的看客，这边正如别处一样。不论使的是什么钱——我才说过，论质即使不论量这边有的是纯粹的币制经济——分明金融的流通是很方便的。

我只按着我初到时几天内的印象说话，至少是与后来的事实可互相印证的那些，以及直接从外表上得来不经疑问解答与讨论的那些。特种的知识，随后从更确切的采访得来的，显出早期的印象有应修正的地方。就比方说为什么这儿人们那么会花钱，在生活必需上和在娱乐上一样花费，主要的理由是因为在这边全盘政治的操纵就在防阻私人的积聚，意思是在使金钱成为一种直接的当时的享用的手段，不是将来的动作的工具。同样的，在进一步研究以后，原先把他们的经济制度认作与别的穷乏的国家的相类的印象也不是完全准确，因为虽则现局面分明是资本主义的，但这是政府的资本主义而非私人的。但这些后来的修正却并不消没早期的印象，只是把印象转变成了观念。这两相抵补的结果在我是恰恰转换了我先前成见所形成的透视。最使我感觉到亲切的是一个广大的人的革命，它所引起的——或者说，它本身就是——是精力，勇敢与自信力的一度的涌起。这个感想一推上前，原先以为那革命是经济的与工业的观念就同程度的往后退——这不是说这方面,即说它的已往,不关紧要,但按现状看来,那却不是一个人性的、心理的革命原因,而只是那革命的一个事件。我在本国时不曾推求到这个结论许是我自己的闭塞。从历史的光亮里回看再下案语,这正是该得意想到的。但既然侧重经济的叫嚣,如我说过辩护鲍雪微几与反对的一致的坚持这一点,许曾经淆惑别人的观察,正如我自己的确然受着影响,我不得不写下我这来的出于意料而且特强的印象,就是在俄国最显著的事实是一个革命,从它所解放出来的人的权力是不曾有过先例的,因此它的重要不仅是在俄国本身,而是有关于全世界的。

注释:

1 载 1929 年 3 月 10 日《新月》第 2 卷第 1 号;前面一段是译者写的题记。初收于《徐志摩全集》第 6 辑。
2 鲍雪微几:英文 bolshevik,即布尔什维克。
3 普罗列塔里亚:proletariat 的音译,意为无产阶级。
4 波淇注:bourgeoisie 的音译,意为资产阶级。

告别辞[1]

——五月二十二,上海慕尔鸣路三十七号的园会

[印度] 泰戈尔

今天的集会使我记起我初到中国那一天也在这里园地上接受你们初次的款待。那时候我总算是一个生客,我也不相识那天来欢迎我的诸君。我一向总是在我的心里踌躇究竟中国是否像我意想所构成的中国,我也踌躇究竟我能否深入这民族的心曲。那天我的心里很是不自在,因为在你们看来我是从一个神秘的地域来的,我又是负有一个过于浮夸的名誉,因此你们对于我的盼望也许不免有不切实在的地方。所以我急于告诉你们我的有限的资格,我记得我开始就供认给你们我只是一个仅仅的诗人。我知道你们曾经邀请过欧美诸邦的名人、大哲学家与大科学家,远渡重洋到你们的国里来讲学,现在我也来到你们的中间,我很惭愧我自己的渺小,你们都是曾经亲听过他们的至理与名言。那天我真是深深的引愧,因为我觉得仿佛我是穿着一身乔装来收受你们款待的至意,也许你们并不曾认识我本来的面目。我不由的想起我自己的一篇戏里的那个女子齐德拉,她是承爱神的怜悯取得

了一身美艳的变相。她原来并不是一个没有缺憾的妇人,但是等到她后来凭着这神异的幻象征服了她的爱人的恋情,她反而嫉恨她的温柔的化身,因为她所渴望的他的抚摩与交抱都被这借来的外壳掠去,剩下她的灵魂依旧在不满足的冷落中悲切。

今天是我在你们的国里最后的一天,如其你们还是准备着厚意的款待并且给我称誉的言辞,我可以放心接受的了:因为我已经经过你们的考验,我想我也并不曾缴还我的白卷。所以今天我到你们这里来,我满心热炎的只想望你们的友爱与同情与赞美。这是你们披露你们真情谊的机会,好叫我永远记住,虽则我不能不向你们告别,这最后的一次集会,像一度奢侈的落日,大量的铺陈他储积着的异样的彩色。但是,话虽如此,我还不敢十分放心。在你们中间有跟着我此次巡游的,他们最亲切的知道我的成绩,还不曾开口说话。

方才说话那位主人赞扬我的成绩,他自从我们初次会面以后一直病困在家里,他不曾有机会接近我,因此他关于我的想象,我不敢过分的深信。因此我还是等着要听还有几位朋友的意见,他们这一向不幸的须得伴着我起居与行旅,他们应得认识我的浅深。同时有一件事情我可以对你们说。初来的时候我也有我的盼望。在年轻时便揣想中国是如何的景象，那是我念天方夜谭时想象中的中国，此后那风流富丽的天朝竟变了我的梦乡；早几年我到日本时我又得到了这古文明的一瞥。因为在那边款待我的主人有大宗中国名画的收藏，都是珍异的神品，我在他那里住着的时候，他常常一件一件取出来饱我的眼福，我也凭借他的指导认识了不少名家的杰作。因此我又在你们往时大艺术家的作品里取得了我的中国的概念。

　　我心里时常存想，他们是一个伟大的民族。你们创造了一个美的世界，我以为即是你们灵魂的表现，我记得我总觉得难受每次我遇着不甚尊敬你们的那些，他们的心是无情的、冷酷的，他们来到你们中间任意的侵略与剥削与摧残，他们忘怀你们文化的贡献，也不曾注意你们伟大的艺术。当然你们也知道你们已往的历史所凝成的纯晶，不仅是真的美的，并且是神灵的，并不代表你们人民的完全的生活，虽则我同时亦深信只有从最完美的表现中我们可以看出现实的最真切的一斑。但理想与现实是应得放在一起看的，我们不能偏注一面。至于我此番的游历，我不能不说在简短的时期内要盼望一个像我这样的陌生人能够发现一民族最内在的真实不是容易的事情，将来也许有那一天，但决不是造次可以得到的。要明白一民族潜在的力量与天才怎样能逐渐的发展到最完美的状态那是千百年的事,我既没有时间又没有适当的机会,因此我不敢想望有多大的了解。我只感觉到一件事情,我此次在你们的国内会着的外国人也都有这样的感想。你们是很近人情的。我也觉着你们的人情的感动,因此我已经,至少我希冀我已经接近你们的心曲。我自己的心里不仅是充满着羡慕与惊讶,但有的是真挚的情感,尤其是曾经与我有过亲密的交接的,我不由得不爱他们。这一点个人间情感的契合便不是随便可以做到的事。

有人说你们有一个特性,就是你们从来不曲解事物的本相,是什么只当是什么看待。譬如你们看重一件东西或是一个人,你们看重他不是因为他在本身以外另有什么连带的价值,但只为是他那赤裸的现实现放在你的跟前要求你的注意。也许就为你们有那个特性所以你们一晌也只把我当作一个寻常的人看待,不当作一个诗人,更不如有的傻子以为是哲学家,尤其不如有的更傻的傻子以为我是圣人或是先觉,你们只把我看作一个干干净净的个人。有几个我新结识的小朋友对我差不多绝对的不存拘束,只当我是他们一般年纪,不见得理会我的高年,也不过分尊敬我的声名。这样的健忘本应得使我着实的懊恼,但在他们却是充分的自然,因之我也不觉得有什么差池。实际上他们对待我的情形常常没有丝毫的尊敬，我却是很感谢他们的随熟与失礼。世上人多的是想把我供作偶像，剥夺我现实的人情与接触。我想上帝也一定着恼因为人们把日常的情爱分给了他们的家人与同伴，留剩给他的却只是在教堂里每星期的礼拜。我所以很喜欢我的年轻的朋友不曾把我当作偶像礼拜，他们只把我看作他们伙伴中的一个，使我得沾润他们活泼的人情。

但是你们要我在离别以前给你们不掩讳的批评。我绝对的拒绝你们的请求。批评家随处都有，你们不怕缺乏，我却是不愿意加入于他们的品级。你们曾经听受过你们的批评，谁不会批评，我却自喜我没有那样挑剔的天才。我自己也是近人情的，我自然可以体谅你们的短处，你们即使不免缺陷，我还是一样的爱你们。现在世上有的是成功的民族，在他们的跟前我是什么样人敢来妄肆批评？彼此同是受嘲讽的民族，我们有的是不受人尊敬与赞许的德性。我们正应得做朋友。我没有批评给你们，所以请你们对我亦不必过于苛责。其实我此时已经不免心慌。有一天你们青年的批评家在我的面前不容情的指摘他们曾经请来讲学的几位，我那时就觉得兆头不好，我就急急的问他们将来是否预备给我同等的待遇。我始终不曾放心，我此时也不说我心里的话，我只希冀他们不会那样的忍心。我从不曾装作过一个哲学家的身分，因此我想我不必着急。假如我曾经置身在崇高的台座上，他们竟许会把我倒拉下来，闪破我的背梁，但我幸而不曾有过那样的僭妄，我只是在同一的平地上站着，因此我盼望我可以幸免灾难。今天我最后分手的一天才是你们真正接受我的一天。我上次在此地时你们给我的欢迎只是借给我的信用，我盼望我曾经付过我的代价叫你们满意，但如你们以为我不曾付清你们事前的期望，不要责备我，你们只能抱怨你们自己的糊涂。你们当初便不应得那样的慷慨，不应得滥施你们的奖宠。

我敢说我已经尽了我的可能的名分，我结识了不少的朋友，在我们中间已经发生了一种情谊的关系。我并不曾妄想逾分的了解，我也只接受你们来意的至诚，如今我快走了，我带走的也就只这一层友谊的记忆。但同时我亦不须自为掩讳。我的不幸的运命从我的本土跟着我来到异乡。我的数分并不完全是同情的阳光。

从天际辽远的角上不时有怒云咆哮的作响。你们一部分的国人曾经担着忧心，怕我从印度带来提倡精神生活的传染毒症，怕我摇动你们崇拜金钱与物质主义的强悍的信仰。我现在可以分付曾经担忧的诸君，我是绝对的不曾成心与他们作对；我没有力量来阻碍他们健旺与进步的前程，我没有本领可以阻止你们人们奔赴贸利的闹市。我可以盼咐他们我并且不曾折服一个怀疑者使他憬悟他的灵魂的实在，我不曾使他信服道德的美的价值是高于物质的势力。我敢说他们明白了结果以后一定会得赦免我的。

志摩附识

那天下午听着老翁这篇告别辞的诸君，也许还记得他说话时的声调与他须眉间异样的笑容。他的声调我记得是和缓中带踌躇，仿佛是他不能畅快的倾吐他的积愫，但他又不能不宛转的烘托出他的不完全愉快的款曲与感念；他的笑容，除非我是神经过敏，不仅有勉强的痕迹，有时看来直是眼泪的替身。"我的不幸的运命从我的本土跟着我来到异乡。我的数分并不完全是同情的阳光。"这话是称过分量说出来的，就这一点不说分明，不说尽，这里面便含着无限的酸楚，无限的悱懑，我当时真觉得替他难受。"现在世上有的是胜利的民族，在他们的跟前我是什么人敢来妄肆批评？彼此同是受嘲讽的民族，我们有的是不受人尊敬与赞许的德性。我们正应得做朋友。"这一段话，且不论他反激得动人，我正不知这里面的成分是泪还是血，我们听了应得傲慢还是惭愧？

O Sun, rise upon the bleeding hearts blossoming in flowers of the morning, and the torch light revelry of pride shrunken to ashes.

——from "Thanksgiving"

太阳呀,升起来朗照着流血的心开作清晨的鲜花,你也照出傲慢的火炬的夜宴萎成了灰烬。[2]

这一篇最好是与他到中国第一次的谈话一起读,碰巧都在同一的园地上讲的,两次都在场的人也应得比较他先后不同的语调与神态。先一次是暮春天气一个最浩爽的下午,后一次是将近梅雨期云低气滞的一个黄昏。有心的读者应该明白在这四十日间是诗人受了中国的试验,还是中国受了诗人的审判。他现在已经远了,他留给我们的记忆不久也会得消淡,什么都不免过去;云影扯过了波心里依旧是不沾印踪。也许有人盼望天光完全隐匿,那时任凭飞鸟也好,飞云也好,我们黑沉沉的水面上连影子都可以不生痕迹!

注释:

1 此文为泰戈尔访华讲稿;译于1924年7月,文末附徐志摩《附识》;载1924年8月10日《小说月报》第15卷第8号;初收于《徐志摩诗文补遗》。
2 此处译文与本书《谢恩》略有出入。

图书在版编目(CIP)数据

徐志摩译作选 / 徐志摩译；宋炳辉编. — 北京：
商务印书馆, 2019
　（故译新编）
　ISBN 978-7-100-17529-6

Ⅰ.①徐⋯ Ⅱ.①徐⋯ ②宋⋯ Ⅲ.①徐志摩
（1897-1931）—译文—文集 Ⅳ.① I11

中国版本图书馆CIP数据核字（2019）第103414号

权利保留，侵权必究。

故译新编
徐志摩译作选
徐志摩　译
宋炳辉　编

商　务　印　书　馆　出　版
（北京王府井大街36号　邮政编码100710）
商　务　印　书　馆　发　行
上海雅昌艺术印刷有限公司印刷
ISBN 978-7-100-17529-6

2019年8月第1版　　开本 787×1092　1/32
2019年8月第1次印刷　印张 7⅜
定价：38.00元